dtv

Dieses Buch enthält in französisch-deutschem Paralleldruck eine fesselnde Kriminalerzählung von Meister Simenon (1903–1989).

Eine Polizei-Beschimpfung am Notruf-Telefon und ein Schuss. War es Selbstmord? Oder Mord?

Blöderweise ist Maigret gerade mit einem international gesuchten Groß-Betrüger beschäftigt, der soeben in die Falle zu gehen scheint. Darum muss er den kleinen, viel interessanteren Fall dem Brummigen Inspektor überlassen und kann sich selber fast nur per Telefon drum kümmern.

Ein kleiner Diamantenhändler, arm, tot. Dessen Ehefrau, brünett, undurchsichtig. Deren Schwester, Eva, blond, verschlossen, verweint. Eine einfache Etagenwohnung. Eine Nachttisch-Schublade ohne Revolver. Eine Versicherungspolice.

Die todmüden Männer in der rauchigen Polizei-Zentrale.

Klassisches Pariser Regenwetter.

Der Brummige Inspektor spielt seinen Part umständlich und pedantisch, aber dank Maigrets jovialer Hilfe dann doch erfolgreich.

Eine feines kleines Krimi-Puzzle mit gut gezeichneten Figuren. Aus Evas Gesicht beginnt Maigret sich die Geschichte zusammenzureimen.

GEORGES SIMENON

MAIGRET ET L'INSPECTEUR MALGRACIEUX

MAIGRET UND DER BRUMMIGE INSPEKTOR

Übersetzung von Ulrich Friedrich Müller

Deutscher Taschenbuch Verlag

dtv zweisprachig
Begründet von Kristof Wachinger-Langewiesche

1. Auflage 1973. 21. Auflage Oktober 2006
Deutscher Taschenbuch Verlag GmbH & Co. KG, München
© Georges Simenon
© 1958 Langewiesche-Brandt, Ebenhausen bei München
Umschlagkonzept: Balk & Brumshagen
Umschlagbild: «L'Italienne» (1913) von André Derain (1880-1954)
VG Bild-Kunst, Bonn 2006
Satz: FoCoTex Klaus Nowak, Berg bei Starnberg
Gesamtherstellung: Kösel, Krugzell
Gedruckt auf säurefreiem, chlorfrei gebleichtem Papier
Printed in Germany
ISBN-13: 978-3-423-09367-5
ISBN-10: 3-423-09367-6

L'affaire de la rue Lamarck ... Non pas parce qu'il la jugeait particulièrement sensationnelle. Mais, c'était une de ces affaires dont l'odeur lui plaisait, qu'il aurait aimé renifler à loisir jusqu'au moment où il en serait si bien imprégné que la vérité lui apparaîtrait d'elle-même.

Der Fall von der Rue Lamarck ... Nicht dass er den für besonders sensationell gehalten hätte. Aber es war eine Sache, deren Geruch ihm gefiel; ein Geruch, den er am liebsten geschnüffelt hätte, bis er so damit vollgesogen war, dass ihm die Wahrheit von selbst aufgegangen sein würde.

Un monsieur qui n'aime pas plus la vie
que la police

Le jeune homme déplaça légèrement le casque
d'écoute sur ses oreilles.

— Qu'est-ce que je disais, mon oncle?... Ah! oui
... Quand la petite est rentrée de l'école et que ma
femme a vu qu'elle avait des plaques rouges sur le
corps, elle a d'abord cru que c'était la scarlatine et ...

Impossible de finir une phrase un peu longue: invariablement une des petites pastilles s'éclairait dans l'immense plan de Paris qui s'étalait sur tout un pan de mur. C'était dans le XIIe arrondissement, cette fois, et Daniel, le neveu de Maigret, introduisant sa fiche dans un des trous du standard, murmurait:

— Qu'est-ce que c'est?

Il écoutait, indifférent, répétait pour le commissaire assis sur un coin de table:

— Dispute entre deux Arabes dans un bistrot de la place d'Italie...

Il allait reprendre son récit au sujet de sa fille, mais déjà une autre pastille blanche encastrée dans la carte murale s'éclairait.

— Allô!... Comment?... Accident d'auto boulevard de La Chapelle?...

Derrière les grandes fenêtres sans rideaux, on voyait la pluie tomber à torrents, une pluie d'été, longue et très fluide, qui mettait des hachures claires dans la nuit. Il faisait bon, un peu lourd, dans la vaste salle de Police-Secours où Maigret était venu se réfugier.

Un peu plus tôt, il se trouvait dans son bureau du quai des Orfèvres. Il devait attendre un coup de télé-

Von einem Herren, dem weder sein Leben
noch die Polizei lieb ist

Der junge Mann schob die Kopfhörer ein wenig von den
Ohren zurück.

«Wovon sprachen wir gerade, Onkel . . . ? Ach so, ja . . .
Als die Kleine von der Schule kam und meine Frau sah, dass
sie rote Flecken auf dem Körper hatte, meinte sie erst, es sei
Scharlach, und . . .»

Unmöglich, einen etwas längeren Satz zu Ende zu bringen:
Immer wieder leuchtete eines der kleinen Lämpchen auf, die
über den großen Wandplan von Paris verteilt waren. Diesmal
war es im XII. Arrondissement, und Daniel, Maigrets Neffe,
murmelte, indem er seinen Stecker in eines der Löcher im
Klappenschrank steckte:

«Was ist los?»

Dann hörte er teilnahmslos zu und wiederholte für den
Kommissar, der auf einer Tischecke saß:

«Schlägerei zwischen zwei Arabern in einem Lokal an der
Place d'Italie . . .»

Er wollte den Bericht von seiner Tochter wieder aufnehmen, aber schon leuchtete ein anderes weißes Lämpchen in
der Wandkarte auf.

«Hallo! . . . Wie bitte? . . . Verkehrsunfall Boulevard de
la Chapelle? . . .»

Hinter den großen vorhanglosen Fenstern sah man den
Regen herunter prasseln, einen Sommerregen, in langen
und irgendwie besonders flüssigen Streifen, der die Nacht
mit hellen Strichen durchsetzte. Im großen Saal der Polizeizentrale, in der Maigret Zuflucht gesucht hatte, konnte man
es gut aushalten, wenn es auch ein wenig stickig war.

Vorher hatte Maigret noch in seinem Büro bei der Kriminalpolizei am Quai des Orfèvres gesessen. Er musste einen

phone de Londres au sujet d'un escroc international que ses inspecteurs avaient repéré dans un palace des Champs-Élysées. La communication pouvait aussi bien venir à minuit qu'à une heure du matin, et Maigret n'avait rien à faire en attendant ; il s'ennuyait, tout seul dans son bureau.

Alors il avait donné ordre au standard de lui passer toutes les communications à Police-Secours, de l'autre côté de la rue, et il était venu bavarder avec son neveu, qui était de garde cette nuit-là.

Maigret avait toujours aimé cette immense salle, calme et nette comme un laboratoire, inconnue de la plupart des Parisiens, et qui était pourtant le cœur même de Paris.

A tous les carrefours de la ville, il existe des appareils peints en rouge, avec une glace qu'il suffit de briser pour être automatiquement en rapport téléphonique avec le poste de police du quartier en même temps qu'avec le poste central.

Quelqu'un appelle-t-il au secours pour une raison ou pour une autre ? Aussitôt, une des pastilles s'allume sur le plan monumental. Et l'homme de garde entend l'appel au même instant que le brigadier du poste de police le plus proche.

En bas, dans la cour obscure et calme de la Préfecture, il y a deux cars pleins d'agents prêts à s'élancer dans les cas graves. Dans soixante postes de police, d'autres cars attendent, ainsi que des agents cyclistes.

Une lumière encore.

— Tentative de suicide au gardénal dans un meublé de la rue Blanche ... répète Daniel.

Toute la journée, toute la nuit, la vie dramatique de la capitale vient ainsi s'inscrire en petites lumières sur un mur ; aucun car, aucune patrouille

Anruf aus London abwarten wegen eines internationalen Betrügers, den seine Inspektoren in einem großen Hotel an den Champs-Elysées aufgespürt hatten. Der Anruf konnte aber ebensogut um Mitternacht oder um ein Uhr früh kommen und Maigret, der so lange nichts zu tun hatte, langweilte sich allein in seinem Büro.

So hatte er dem Telefonisten aufgetragen, ihm alle Anrufe zur Polizeizentrale auf der anderen Straßenseite weiterzugeben, und war gekommen, um mit seinem Neffen zu plaudern, der gerade Nachtdienst hatte.

Maigret hatte von jeher diesen riesigen Saal geliebt, der ruhig und sauber war wie ein Laboratorium, und von dem die meisten Pariser nichts wussten, obwohl er doch geradezu das Herz von Paris war.

An allen Straßenkreuzungen der Stadt gibt es rotgestrichene Apparate mit einer Glasscheibe, die man nur einzuschlagen braucht, um automatisch in Telefonverbindung mit dem Polizeirevier des Stadtviertels zu treten und gleichzeitig mit der Polizeizentrale.

Es braucht nur jemand aus irgendeinem Grunde um Hilfe zu rufen: Schon leuchtet eines der Lämpchen auf dem riesigen Plan auf. Und der wachhabende Polizist hört den Anruf im gleichen Augenblick wie der Wachtmeister im nächsten Polizeirevier.

Unten, im dunklen und stillen Hof der Präfektur, stehen zwei vollbesetzte Mannschaftswagen, bereit, bei schweren Fällen sofort abzufahren. In sechzig Polizeirevieren warten weitere Wagen, und Beamte mit Fahrrädern.

Wieder ein Licht.

«Selbstmordversuch mit Veronal in einer Pension in der Rue Blanche ...» wiederholt Daniel.

Den ganzen Tag über und während der ganzen Nacht wird so das dramatische Leben der Hauptstadt mit kleinen Lichtern an einer Wand aufgeschrieben; kein Wagen und keine Streife

ne sort d'un des commissariats sans que la raison de son déplacement soit signalée au centre.

Maigret a toujours prétendu que les jeunes inspecteurs devraient être tenus de faire un stage d'un an au moins dans cette salle afin d'y apprendre la géographie criminelle de la capitale, et lui-même, à ses moments perdus, vient volontiers y passer une heure ou deux.

Un des hommes de garde est en train de manger du pain et du saucisson. Daniel reprend :

— Elle a aussitôt appelé le Dr Lambert, et quand celui-ci est arrivé, une demi-heure plus tard, les taches rouges avaient disparu... Ce n'était qu'une poussée d'urticaire... Allô !...

Une pastille vient de s'allumer dans le XVIIIe arrondissement. C'est un appel direct. Quelqu'un, à l'instant, a brisé la vitre de l'appareil de secours placé à l'angle de la rue Caulaincourt et de la rue Lamarck.

Pour un débutant, c'est assez impressionnant... On imagine le carrefour désert dans la nuit, les hachures de pluie, le pavé mouillé, avec les flaques de lumière du réverbère, des cafés éclairés au loin, et un homme ou une femme qui se précipite, qui titube peut-être, ou qui est poursuivi, quelqu'un qui a peur ou qui a besoin d'aide, s'entourant la main d'un mouchoir pour briser la vitre...

Maigret, qui regarde machinalement son neveu, voit celui-ci froncer les sourcils. Le visage du jeune homme prend une expression ahurie, puis effrayée.

— Ah çà ! mon oncle... balbutie-t-il.

Il écoute encore un instant, change sa fiche de place.

— Allô !... Le poste de la rue Damrémont ?... C'est vous, Dambois ?... Vous avez entendu l'ap-

verlässt eines der Polizeireviere, ohne dass der Grund für das Unternehmen an die Zentrale gemeldet wird.

Maigret hat von jeher gesagt, dass die jungen Inspektoren mindestens ein Jahr in diesem Saal zubringen müssten, um sich mit der Kriminalgeografie der Hauptstadt vertraut zu machen, und er selber kam, wenn er nichts anderes zu tun hatte, gern mal für eine oder zwei Stunden hierher.

Einer der Leute isst gerade sein Wurstbrot. Daniel nimmt den Faden wieder auf:

«Sie hat gleich Dr. Lambert angerufen, und wie der gekommen ist, eine halbe Stunde später, waren die roten Flecken weg ... Es war nur eine Art Nesselausschlag ... Hallo! ...»

Ein Lämpchen hat aufgeleuchtet im XVIII. Arrondissement. Ein direkter Anruf. Irgend jemand hat in diesem Augenblick die Scheibe des Unfallmelders an der Ecke Rue Caulaincourt/Rue Lamarck eingeschlagen.

Für einen Anfänger ist das recht eindrucksvoll ... Man stellt sich die verlassene, nächtliche Kreuzung vor, die Streifen des Regens, das nasse Pflaster mit den Lichtkreisen der Straßenlaterne, beleuchtete Cafés in der Ferne, und einen Mann oder eine Frau, jemanden, der heranstürzt, der vielleicht schwankt, oder der verfolgt wird, der Angst hat und Hilfe braucht, und der sich ein Taschentuch um die Hand wickelt, um die Scheibe einzuschlagen ...

Maigret, der unwillkürlich seinen Neffen anblickt, sieht, wie der die Augenbrauen zusammenzieht. Das Gesicht des jungen Mannes bekommt einen verblüfften, dann entsetzten Ausdruck.

«Nein sowas, Onkel ...» stammelt er.

Er hört noch einen Augenblick lang hin und steckt dann die Verbindung um.

«Hallo! ... Revier Rue Damrémont? ... Sind Sie das, Dambois? ... Haben Sie den Anruf gehört? ... Das war

pel?... C'était bien un coup de feu, n'est-ce pas?...
Oui, il m'a semblé aussi... Vous dites?... Votre
car est déjà parti?...

Autrement dit, dans moins de trois minutes, les
agents seront sur les lieux, car la rue Damrémont
est toute proche de la rue Caulaincourt.

— Excusez-moi, mon oncle... Mais c'est tellement inattendu!... J'ai d'abord entendu une voix
qui criait dans l'appareil: «M.... pour les flics!»
Puis, tout de suite, le bruit d'une détonation...

— Veux-tu dire au brigadier de la rue Damrémont
que j'arrive et qu'on ne touche à rien en m'attendant?

Déjà Maigret s'engage dans les couloirs déserts,
descend dans la cour, saute dans une petite voiture
rapide réservée aux officiers de police.

Il n'est que dix heures et quart du soir.

— Rue Caulaincourt... A toute vitesse...

A vrai dire, ce n'est pas son travail. La police du
quartier est sur place, et ce n'est qu'après avoir reçu
son rapport qu'on décidera si c'est une affaire pour
la Police Judiciaire. Maigret obét à la curiosité. Il
y a aussi un souvenir qui lui est revenu à l'esprit
alors que Daniel parlait encore.

Au début de l'hiver précédent – c'était en octobre,
et il pleuvait aussi cette nuit-là, – il était dans son
bureau, vers onze heures du soir, quand il avait
reçu un appel téléphonique.

— Commissaire Maigret?

— J'écoute.

— C'est bien le commissaire Maigret lui-même
qui est à l'appareil?

— Mais oui...

— Dans ce cas, je vous em...!

— Comment?

doch ein Schuss, oder? . . . Ja, das glaube ich auch . . . Wie bitte? . . . Ihr Wagen ist schon weg? . . .»

Mit anderen Worten: In weniger als drei Minuten werden die Polizisten an Ort und Stelle sein, denn die Rue Damrémont ist ganz nahe bei der Rue Caulaincourt.

«Entschuldigen Sie, Onkel . . . Aber das war derart unerwartet! . . . Ich habe zuerst eine Stimme gehört, die in den Apparat rief: ‹Ich sch . . . auf die Polizei!› Und dann, gleich darauf, das Geräusch eines Schusses . . .»

«Magst du dem Wachtmeister in der Rue Damrémont sagen, dass ich sofort da bin, und dass sie alles so lassen sollen, bis ich komme?»

Und schon hastet Maigret durch die leeren Flure, läuft zum Hof hinunter und springt in einen kleinen schnellen Wagen, der für die Polizeioffiziere bereitgehalten wird.

Es ist erst Viertel nach zehn Uhr abends.

«Rue Caulaincourt . . . Schnell . . .»

Eigentlich ist dies gar nicht seine Sache. Die Polizei des Viertels ist an Ort und Stelle, und erst nachdem deren Bericht eingegangen ist, wird darüber entschieden, ob der Fall die Kriminalpolizei betrifft. Maigret folgt nur seiner Neugier. Außerdem ist ihm eine Erinnerung in den Sinn gekommen, noch während Daniel sprach.

Zu Beginn des letzten Winters – es war im Oktober, und auch in jener Nacht regnete es – hatte Maigret in seinem Büro gesessen, gegen elf Uhr abends, als ihn ein Anruf erreichte.

«Kommissar Maigret?»

«Ich höre.»

«Ist dort wirklich Kommissar Maigret persönlich am Apparat?»

«Aber ja doch . . .»

«Gut. Dann sch . . . ich auf Sie!»

«Wie bitte?»

— Je dis que je vous em...! Je viens de descendre, en tirant par la fenêtre, les deux agents que vous avez mis en faction sur le trottoir... Inutile d'en envoyer d'autres... Ce n'est pas vous qui aurez ma peau...

Une détonation...

L'accent polonais avait déjà renseigné le commissaire. Cela se passait, fatalement, dans un petit hôtel du coin de la rue de Birague et du faubourg Saint-Antoine, où un dangereux malfaiteur polonais, qui avait attaqué plusieurs fermes dans le Nord, s'était réfugié.

Deux agents, en effet, surveillaient l'hôtel, car Maigret avait décidé de procéder en personne à l'arrestation au petit jour.

Un des inspecteurs avait été tué net; l'autre se rétablit après cinq semaines d'hôpital. Quant au Polonais, il s'était bel et bien tiré une balle dans la tête à la fin de sa conversation avec le commissaire.

C'était cette coïncidence qui venait de frapper Maigret, dans la grande salle de Police-Secours. En vingt ans de métier et plus, il n'avait connu qu'une seule affaire de ce genre: un suicide au téléphone, avec accompagnement d'injures.

N'était-ce pas extraordinaire qu'à six mois d'intervalle le même fait, ou à peu près, se reproduisît?

La petite auto traversait Paris, atteignait le boulevard Rochechouart, aux cinémas et dancings brillamment éclairés. Puis, dès le coin de la rue Caulaincourt, à la pente assez raide, c'était le calme, presque le désert, un autobus, par-ci par-là, qui dévalait la rue, de rares passants pressés sur les trottoirs noyés de pluie.

Un petit groupe de silhouettes sombres, au coin de la rue Lamarck. Le car de la police était arrêté à

«Ich sage, ich sch ... auf Sie! Ich habe eben hier vom Fenster aus die beiden Polizisten umgelegt, die Sie unten auf dem Bürgersteig aufgestellt haben ... Sie brauchen keine mehr zu schicken ... *Sie* kriegen mich jedenfalls nicht ...»

Ein Schuss ...

Der polnische Akzent hatte dem Kommissar schon genug gesagt. Es musste in einem kleinen Hotel an der Ecke Rue de Birague/Faubourg Saint-Antoine passiert sein, wo ein gefährlicher polnischer Verbrecher, nach Überfällen auf mehrere Bauernhöfe im Norden des Landes, Zuflucht gesucht hatte.

Tatsächlich wurde das Hotel von zwei Polizisten überwacht, weil Maigret sich entschlossen hatte, im Morgengrauen die Verhaftung selber vorzunehmen.

Einer von den Inspektoren war sofort tot gewesen, der andere genas nach fünf Wochen Krankenhausaufenthalt. Der Pole aber hatte sich nach dem Gespräch mit dem Kommissar kurzerhand eine Kugel durch den Kopf gejagt.

Diese merkwürdige Übereinstimmung hatte Maigret im großen Saal der Polizeizentrale stutzig gemacht. In mehr als zwanzig Jahren Berufserfahrung hatte er nur einen einzigen Fall dieser Art erlebt: Selbstmord am Telefon mit Beleidigungen.

War es nicht auffallend, dass sich nach sechs Monaten derselbe Tatbestand, oder doch ungefähr derselbe, wiederholte?

Der kleine Wagen fuhr durch Paris und erreichte den Boulevard Rochechouart mit seinen hell erleuchteten Kinos und Tanzlokalen. Dann, von der Ecke der ziemlich steil ansteigenden Rue Caulaincourt an, wurde es ruhig, fast beängstigend still: Hier und da ein Autobus, der die Straße hinunter fuhr, wenige eilige Passanten auf den vom Regen überschwemmten Bürgersteigen.

An der Ecke der Rue Lamarck eine kleine Gruppe von dunklen Silhouetten. Der Mannschaftswagen der Polizei

quelques mètres dans cette rue. On voyait des gens aux fenêtres, des concierges sur les seuils, mais la pluie battante raréfiait les curieux.

— Bonjour, Dambois...

— Bonjour, monsieur le commissaire...

Et Dambois désignait une forme étendue sur le trottoir, à moins d'un mètre de l'appareil d'appel au secours. Un homme était agenouillé près du corps, un médecin du voisinage qu'on avait eu le temps d'alerter. Et pourtant moins de douze minutes s'étaient écoulées depuis le coup de feu.

Le docteur se redressait, reconnaissait la silhouette populaire de Maigret:

— La mort a été instantanée, dit-il en essuyant ses genoux détrempés, puis ses lunettes couvertes de gouttes de pluie. Le coup a été tiré à bout portant, dans l'oreille droite.

Maigret, machinalement, esquissait le geste de se tirer une balle dans l'oreille.

— Suicide?

— Cela ressemble...

Et le brigadier Dambois désigna au commissaire un revolver que personne n'avait encore touché et qui se trouvait à cinquante centimètres de la main du mort.

— Vous le connaissez, Dambois?

— Non, monsieur le commissaire... Et, pourtant, je ne sais pas pourquoi, cela m'a l'air de quelqu'un du quartier.

— Voulez-vous vous assurer délicatement s'il a un portefeuille?

L'eau dégoulinait déjà sur le chapeau de Maigret. Le brigadier lui tendit un portefeuille assez usé qu'il venait de prendre dans le veston du mort. Une des pochettes contenait six billets de cent francs et une

stand einige Meter weiter die Straße hinauf. Man sah Leute an den Fenstern, Concierges auf den Türschwellen, aber der strömende Regen hielt die Neugier in Grenzen.

«Guten Abend, Dambois...»

«Guten Abend, Herr Kommissar...»

Und Dambois wies auf eine dunkle Masse, die auf dem Bürgersteig lag, weniger als einen Meter vom Unfallmelder entfernt. Ein Mann kniete neben dem Körper, ein Arzt aus der Nachbarschaft, den man inzwischen herbei gerufen hatte. Und dabei waren seit dem Schuss erst zwölf Minuten vergangen.

Der Arzt richtete sich auf, sein Blick fiel auf die allgemein bekannte Gestalt Maigrets:

«Der Tod ist sofort eingetreten», sagte er, indem er erst seine durchnässten Hosenknie abwischte und dann seine mit Regentropfen bedeckte Brille. «Der Schuss ist aus unmittelbarer Nähe in das rechte Ohr abgegeben worden.»

Unwillkürlich vollführte Maigret die Geste, mit der man sich eine Kugel in das Ohr schießt.

«Selbstmord?»

«Sieht so aus...»

Und Wachtmeister Dabois zeigte dem Kommissar einen Revolver, den noch niemand berührt hatte, und der fünfzig Zentimeter von der Hand des Toten entfernt lag.

«Kennen Sie den Mann, Dambois?»

«Nein, Herr Kommissar... Aber irgendwie, ich weiß nicht warum, habe ich den Eindruck, dass es jemand aus dieser Gegend ist.»

«Würden Sie bitte vorsichtig nachsehen, ob er eine Brieftasche bei sich hat?»

Inzwischen tröpfelte schon das Wasser auf Maigrets Hut. Der Wachtmeister reichte dem Kommissar eine ziemlich abgenutzte Brieftasche, die er aus der Jacke des Toten genommen hatte. Eines der Fächer enthielt sechs Hundertfranken-

photographie de femme. Dans une autre, il y avait une carte d'identité au nom de Michel Goldfinger, trente-huit ans, courtier en diamants, 66 bis, rue Lamarck.

La photographie de la carte d'identité était bien celle de l'homme qui était toujours étendu sur le trottoir, les jambes étrangement tordues.

Dans la dernière poche du portefeuille, celle qui fermait à l'aide d'une patte, Maigret trouva du papier de soie plié menu.

— Vous voulez m'éclairer avec votre torche électrique, Dambois?

Avec précaution, il défit le paquet, et une dizaine de petites pierres brillantes, des diamants non montés, scintillèrent dans la lumière.

— On ne pourra pas dire que le vol est le mobile du crime! grogna le brigadier, ou que la misère est le motif du suicide... Qu'est-ce que vous en pensez, patron?

— Vous avez fait questionner les voisins?

— L'inspecteur Lognon est en train de s'en occuper...

De trois en trois minutes, un autobus dégringolait la pente. De trois en trois minutes, un autobus, dans l'autre sens, la gravissait en changeant ses vitesses. Deux fois, trois fois, Maigret leva la tête, parce que les moteurs avaient des ratés.

— C'est curieux... murmura-t-il pour lui-même.

— Qu'est-ce qui est curieux?

— Que, dans n'importe quelle autre rue, nous aurions sans doute eu des renseignements sur le coup de feu... Vous verrez que Lognon n'obtiendra rien des voisins, à cause de la pente qui provoque des explosions dans les carburateurs...

Scheine und die Fotografie einer Frau. In einem anderen Fach steckte ein Personalausweis auf den Namen Michel Goldfinger, achtunddreißig Jahre, Diamantenmakler, Rue Lamarck 66a.

Die Fotografie in dem Personalausweis war tatsächlich die des Mannes, der da immer noch auf dem Bürgersteig lag, mit seltsam verkrümmten Beinen.

Im letzten Fach der Brieftasche, das mit einer Lasche verschlossen war, fand Maigret ein Stück klein zusammengefaltetes Seidenpapier.

«Würden Sie mir wohl mit Ihrer Taschenlampe leuchten, Dambois?»

Vorsichtig wickelte er das Päckchen aus. Ungefähr zehn glitzernde kleine Steine, ungefasste Diamanten, blitzten im Licht.

«Man kann nicht behaupten, dass das Tatmotiv Raub ist!» brummte der Wachtmeister, «oder dass es sich um Selbstmord aus wirtschaftlicher Notlage handelt ... Was halten Sie davon, Chef?»

«Haben Sie die Nachbarn vernehmen lassen?»

«Inspektor Lognon ist gerade dabei, sich drum zu kümmern ...»

Alle drei Minuten kam ein Autobus mit hohem Tempo die abschüssige Straße herunter. Alle drei Minuten fuhr einer in entgegengesetzter Richtung und in einem anderen Gang hinauf. Zwei-, dreimal hob Maigret den Kopf, weil die Motoren aussetzten.

«Komisch ist das ...» murmelte er vor sich hin.

«Was ist komisch?»

«Dass wir in jeder anderen Straße bestimmt Aussagen über den Schuss bekommen würden ... Sie werden sehen, dass Lognon nichts von den Leuten hier erfahren wird wegen des Geknatters, das beim Bergauf-Fahren in den Vergasern entsteht ...»

Il ne se trompait pas. Lognon, que ses collègues, parce qu'il était toujours d'une humeur de chien, appelaient l'inspecteur Malgracieux, s'approchait du brigadier :

— J'ai interrogé une vingtaine de personnes... Ou bien les gens n'ont rien entendu — la plupart, à cette heure-ci, prennent la T. S. F., surtout qu'il y avait une émission de gala au Poste Parisien — ou bien on me répond qu'il y a toute la journée des bruits de ce genre... Ils y sont habitués... Il n'y a qu'une vieille femme, au sixième de la deuxième maison à droite, qui prétend qu'elle a entendu deux détonations... Seulement, j'ai dû lui répéter plusieurs fois ma question, car elle est sourde comme un pot... Sa concierge me l'a confirmé...

Maigret glissa le portefeuille dans sa poche.

— Faites photographier le corps... dit-il à Dambois. Quand les photographes auront terminé, vous le transporterez à l'Institut médico-légal et vous demanderez au Dr Paul de pratiquer l'autopsie... Quant au revolver, dès qu'on aura relevé les empreintes, vous l'enverrez chez l'expert Gastinne-Renette.

L'inspecteur Lognon, qui avait peut-être vu dans cette affaire une occasion de se distinguer, regardait farouchement le trottoir, les mains dans les poches, de la pluie sur son visage renfrogné.

— Vous venez avec moi, Lognon ? Étant donné que cela s'est produit dans votre secteur...

Et ils s'éloignèrent tous les deux. Ils suivirent le trottoir de droite de la rue Lamarck. Celle-ci était déserte, et on ne voyait que les lumières de deux petits cafés sur toute la longueur de la rue.

— Je vous demande pardon, mon vieux, de m'occuper d'une affaire qui ne me regarde pas, mais il

Er hatte sich nicht getäuscht. Lognon, der von seinen Kollegen der «Brummige Inspektor» genannt wurde, weil er immer hundsmiserabler Laune war, traf auf den Wachtmeister zu:

«Ich habe ungefähr zwanzig Personen vernommen ... Entweder haben die Leute nichts gehört – um diese Zeit haben die meisten das Radio eingeschaltet, vor allem weil heute abend eine große Sendung im Pariser Rundfunk war – oder sie antworten mir, dass sie den ganzen Tag über derartige Geräusche hören ... Sie sind daran gewöhnt ... Lediglich eine alte Frau, im sechsten Stock vom zweiten Haus rechts, behauptet, dass sie zwei Schüsse gehört hat ... Bloß – ich habe ihr die Frage mehrere Male wiederholen müssen, weil sie stocktaub ist ... Ihre Concierge hat es mir bestätigt ...»

Maigret ließ die Brieftasche in seine Tasche gleiten.

«Lassen Sie den Leichnam fotografieren ...», sagte er zu Dambois. «Wenn die Fotografen fertig sind, bringen Sie ihn ins Gerichtsmedizinische Institut und sagen Sie, Dr. Paul möchte die Autopsie vornehmen ... Den Revolver schicken Sie, wenn die Fingerabdrücke genommen sind, an den Sachverständigen Gastinne-Renette.»

Inspektor Lognon, der in diesem Fall vielleicht eine Möglichkeit gesehen hatte, sich hervorzutun, starrte wütend auf das Pflaster, die Hände in den Manteltaschen und mit regennassem, verdrießlichem Gesicht.

«Kommen Sie mit, Lognon? Da die Sache doch in Ihrem Bereich passiert ist ...»

Beide entfernten sich. Sie gingen den rechten Bürgersteig der Rue Lamarck entlang, die jetzt vereinsamt war. Man sah nur die Lichter von zwei kleinen Cafés die ganze Straße hinableuchten.

«Entschuldigen Sie, mein Lieber, dass ich mich um einen Fall kümmere, der mich nichts angeht. Aber da gibt es

y a quelque chose qui me tracasse... Je ne sais pas encore quoi au juste... Quelque chose ne tourne pas rond, comprenez-vous?... Il reste bien entendu que c'est vous qui faites officiellement l'enquête.

Mais Lognon méritait trop son surnom d'inspecteur Malgracieux pour répondre aux avances du commissaire.

— Je ne sais pas si vous comprenez... Qu'un type comme Stan le Tueur, qui savait que la nuit ne se passerait pas sans qu'il fût arrêté, qui, en outre, depuis plus d'un mois, me sentait sur ses talons...

C'était bien dans le caractère de Stan de se défendre jusqu'au bout comme un fauve qu'il était et de préférer une balle dans la tête à la guillotine. Il n'avait pas voulu s'en aller tout seul, et, par une dernière bravade, dans un dernier sursaut de haine contre la société, il avait descendu les deux inspecteurs qui le guettaient.

Tout cela, c'était dans la ligne. Même le coup de téléphone à Maigret, qui était devenu son ennemi intime, cette ultime injure, ce suprême défi...

Or, de ce coup de téléphone, la presse n'avait jamais parlé. Quelques collègues de Maigret, seuls, étaient au courant.

Et les mots hurlés ce soir dans l'appareil de Police-Secours ne cadraient pas avec le peu qu'on savait maintenant du courtier en diamants.

Autant qu'un rapide examen permettait d'en juger, c'était un homme sans envergure, un gagne-petit, voire, le commissaire l'aurait juré, un malportant, un malchanceux. Car le commerce des diamants, comme les autres, a ses seigneurs et ses pauvres.

Maigret connaissait le centre de ce commerce, un

irgend etwas, das mir keine Ruhe lässt... Ich weiß noch gar nicht, was... Irgend etwas ist da nicht in Ordnung, verstehen Sie?... Natürlich führen offiziell *Sie* die Untersuchung.»

Aber Lognon verdiente seinen Spitznamen «Der Brummige Inspektor» nur zu sehr, als dass er auf das Entgegenkommen des Kommissars eingegangen wäre.

«Ich weiß nicht, ob Sie das verstehen... Dass ein Kerl wie Stan der Totschläger, der wusste, dass die Nacht nicht zu Ende gehen würde, ohne dass er verhaftet werden würde, und der im übrigen seit über einem Monat merkte, dass ich ihm auf den Fersen war...»

Es entsprach ganz der Art Stans, sich bis zum Schluss wie ein wildes Tier zu verteidigen und eine Kugel durch den Kopf dem Schafott vorzuziehen. Er wollte nicht allein abtreten und hatte in einem letzten Auflehnen, in einem letzten Anfall von Hass auf die Gesellschaft, die beiden Kriminaler abgeknallt, die ihn überwachten.

All das lag auf einer Linie. Sogar der Anruf bei Maigret, der sein privater Feind geworden war, diese letzte Beleidigung, diese großartige Verachtung...

Aber von diesem Anruf war in der Presse nie die Rede gewesen. Nur einige Kollegen von Maigret wussten noch davon.

Und die Worte, die da heute abend in den Unfallmelder gebrüllt worden waren, passten nicht zu dem wenigen, was man derzeit von dem Diamantenmakler wusste.

Soweit es sich nach einer kurzen Untersuchung beurteilen ließ, war er ein Mann ohne jede Bedeutung, ein kleiner Händler, ja sogar, der Kommissar hätte es beschwören können, ein armer Teufel, ein Unglücksrabe. Der Diamantenhandel hat ja, wie alle Branchen, seine großen Herren und seine kleinen Leute.

Maigret kannte das Zentrum dieses Handels, ein großes

grand café de la rue Lafayette, où messieurs les gros courtiers, assis à leur table, voyaient venir à eux les modestes revendeurs à qui ils confiaient quelques pierres.

— C'est ici... dit Lognon, en s'arrêtant devant une maison pareille à toutes les maisons de la rue, un immeuble déjà vieux, de six étages, où on voyait de la lumière à quelques fenêtres.

Ils sonnèrent. La porte s'ouvrit, et ils virent que la loge de la concierge était encore éclairée. Une musique, qui provenait de la radio, filtrait de la pièce à porte vitrée, où on apercevait un lit, une femme d'un certain âge occupée à tricoter et un homme en pantoufles de tapisserie, sans faux col, la chemise ouverte sur une poitrine velue, qui lisait son journal.

— Pardon, madame... Est-ce que M. Goldfinger est ici?

— Tu ne l'as pas vu rentrer, Désiré?... Non... D'ailleurs, il y a à peine une demi-heure qu'il est sorti...

— Seul?

— Oui... J'ai supposé qu'il allait faire une course dans le quartier, peut-être acheter des cigarettes...

— Il sort souvent le soir?

— Presque jamais... Ou, alors, c'est pour aller au cinéma avec sa femme et sa belle-sœur...

— Elles sont là-haut?

— Oui... Elles ne sont pas sorties ce soir... Vous voulez les voir?... C'est au troisième à droite...

Il n'y avait pas d'ascenseur dans l'immeuble. Un tapis sombre escaladait les marches, et il y avait une ampoule électrique sur le palier de chaque étage, deux portes brunes, une à gauche et une à droite. La maison était propre, confortable, mais sans luxe.

Café in der Rue Lafayette, wo die Herren Großmakler an ihrem Stammtisch sitzen und die bescheidenen Wiederverkäufer zu sich kommen lassen, denen sie ein paar Steine anvertrauen.

«Hier ist es ...» sagte Lognon und blieb vor einem Hause stehen, das genau so aussah wie alle Häuser in dieser Straße, ein altes Gebäude schon, mit sechs Stockwerken. In einigen Fenstern sah man noch Licht.

Sie läuteten. Die Tür ging auf, und sie sahen, dass in der Loge der Concierge noch Licht brannte. Radiomusik drang aus dem Raum durch die Glastür, hinter der man ein Bett erkannte, eine Frau von mittlerem Alter, die mit einer Strikkerei beschäftigt war, und einen Mann in Filzpantoffeln, ohne Kragen, das Hemd offen über der behaarten Brust, der in der Zeitung las.

«Entschuldigen Sie, Madame ... Ist Herr Goldfinger zu Hause?»

«Hast du ihn wiederkommen sehen, Désiré? ... Nein ... Übrigens ist er erst vor einer knappen halben Stunde weggegangen ...»

«Allein?»

«Ja ... Ich denke, dass er hier im Viertel etwas erledigen wollte, vielleicht Zigaretten kaufen ...»

«Geht er oft abends fort?»

«Fast nie ... Oder, wenn, dann ins Kino mit seiner Frau und seiner Schwägerin ...»

«Sind sie oben?»

«Ja ... Sie sind heute abend nicht weggegangen ... Wollen Sie hinauf gehen? ... Dritter Stock rechts ...»

Das Haus hatte keinen Fahrstuhl. Ein dunkler Läufer lag auf den Stufen, auf jedem Treppenabsatz hing eine elektrische Glühbirne, rechts und links jeweils eine braune Tür. Das Haus war sauber und gediegen, aber ohne Luxus. Die Wände, Marmor-Imitationen, hätten einen ordentlichen neuen An-

Les murs, peints en faux marbre, auraient eu besoin d'une bonne couche de peinture, car ils tournaient au beige, sinon au brun.

De la radio, encore... Le même air qu'on entendait partout ce soir-là, le fameux gala du Poste Parisien ... On le retrouvait sur le palier du troisième ...

— Je sonne? questionnait Lognon.

On entendit un timbre qui résonnait de l'autre côté de la porte, le bruit d'une chaise que quelqu'un repousse pour se lever, une voix jeune qui lançait:

— Je viens...

Un pas rapide, léger. Le bouton de la porte tournait, l'huis s'ouvrit, la voix disait:

— Tu n'es pas...

Et on devinait que la phrase devait être:

« Tu n'es pas resté longtemps. »

Mais la personne qui ouvrait la porte s'arrêtait net devant les deux hommes qu'elle ne connaissait pas et elle balbutiait:

— Je vous demande pardon... Je croyais que c'était...

Elle était jeune, jolie, vêtue de noir, comme en deuil, avec des yeux clairs, des cheveux blonds.

— Madame Goldfinger?

— Non, monsieur... M. Goldfinger est mon beaufrère...

Elle restait un peu interdite, et elle ne pensait pas à inviter les visiteurs à entrer. Il y avait de l'inquiétude dans son regard.

— Vous permettez?... fit Maigret, en s'avançant.

Et une autre voix, moins jeune, comme un peu lasse, lançait du fond de l'appartement:

— Qu'est-ce que c'est, Éva?

— Je ne sais pas...

strich gebraucht; denn die Farbe spielte ins Beige oder sogar ins Braun.

Wieder Radio ... Dieselbe Melodie, die man überall an diesem Abend hörte, die große Sendung vom Pariser Rundfunk ... Sie begegneten ihr auch auf dem Treppenabsatz im dritten Stock ...

«Soll ich läuten?» fragte Lognon.

Man hörte eine Glocke, die jenseits der Tür ertönte, das Geräusch eines Stuhles, den jemand zum Aufstehen zurück schiebt, und dann eine frische Stimme, die rief:

«Ich komm schon ...»

Ein leichter, schneller Schritt. Der Türknauf wurde gedreht, die Tür ging auf, und die Stimme sagte:

«Du bist aber nicht ...»

Man erriet, dass der Satz lauten sollte:

«Du bist aber nicht lange weg geblieben.»

Aber die Person, welche die Tür öffnete, hielt inne angesichts der beiden Männer, die sie nicht kannte, und stammelte:

«Oh, entschuldigen Sie bitte ... Ich habe geglaubt, dass es ...»

Sie war jung, hübsch, schwarz gekleidet wie in Trauer, mit hellen Augen und blondem Haar.

«Madame Goldfinger?»

«Nein, Monsieur ... Herr Goldfinger ist mein Schwager ...»

Sie stand etwas verstört da, und sie kam nicht auf den Gedanken, die Besucher hereinzubitten. Ihr Blick war unruhig.

«Sie gestatten? ...» sagte Maigret und ging hinein.

Eine andere Stimme, weniger frisch, etwas müde wohl, rief hinten aus der Wohnung:

«Was ist denn, Eva?»

«Ich weiß nicht ...»

Les deux hommes étaient entrés dans une antichambre minuscule. A gauche, au delà d'une porte vitrée, on apercevait, dans le clair-obscur, un petit salon où on ne devait pas souvent mettre les pieds, s'il fallait en juger par l'ordre parfait qui y régnait et par le piano droit couvert de photographies et de bibelots.

La seconde pièce était éclairée, et c'était là que la radio jouait en sourdine.

Avant que le commissaire et l'inspecteur l'eussent atteinte, la jeune fille s'était précipitée, en disant :

— Vous permettez que je ferme la porte de la chambre ?... Ma sœur n'était pas bien ce soir, elle est déjà couchée...

Et sans doute la porte, entre la chambre et la salle à manger qui servait de *living-room*, était-elle grande ouverte ? Il y eut quelques chuchotements. Mme Goldfinger questionnait, probablement :

— Qui est-ce ?

Et Éva, à voix basse :

— Je ne sais pas... Ils n'ont rien dit...

— Laisse la porte entr'ouverte, que j'entende...

Le calme régnait ici comme dans la plupart des appartements du quartier, comme derrière toutes ces fenêtres éclairées que les deux hommes avaient aperçues, un calme lourd, un peu sirupeux, le calme des intérieurs où il ne se passe rien, où on n'imagine pas que quelque chose puisse se passer un jour.

— Je vous demande pardon... Si vous voulez vous donner la peine d'entrer...

La salle à manger était garnie de meubles rustiques comme les grands magasins d'ameublement en vendent par milliers, avec la même jardinière en cuivre sur le dressoir, les mêmes assiettes historiées, sur un fond de cretonne à carreaux rouges, dans le vaisselier.

Die beiden Männer waren in einen winzigen Flur eingetreten. Links, hinter einer Glastür, erkannte man im Halbdunkel einen kleinen Salon, den wohl nicht oft jemand betrat, nach der tadellosen Ordnung zu urteilen, die dort herrschte, und nach dem Klavier, auf dem Nippes und Fotografien standen.

Der zweite Raum war beleuchtet; dort spielte leise das Radio.

Bevor der Kommissar und der Inspektor dort anlangten, war das junge Mädchen schon voraus gegangen und sagte:

«Sie gestatten, dass ich die Tür zum Schlafzimmer schließe? ... Meiner Schwester ging es nicht gut heute abend, sie hat sich schon hingelegt ...»

Gewiss war die Tür zwischen dem Schlafzimmer und dem Esszimmer, das als Wohnzimmer diente, weit offen? Jedenfalls hörten sie einen Augenblick lang Geflüster. Offenbar fragte Frau Goldfinger:

«Wer ist denn da?»

Und Eva, mit leiser Stimme:

«Ich weiß nicht ... Sie haben nichts gesagt ...»

«Lass die Tür angelehnt, damit ich hören kann ...»

Friedliche Stille herrschte hier wie in den meisten Wohnungen des Viertels, wie hinter all den erleuchteten Fenstern, die die Männer gesehen hatten, ein dumpfes Schweigen, zähflüssig, das Schweigen der Wohnungen, in denen nichts geschieht, und von denen man sich nicht vorstellen kann, dass überhaupt etwas in ihnen geschehen kann.

«Entschuldigen Sie bitte ... Wollen Sie sich bitte herein bemühen ...

Das Esszimmer war mit Möbeln im Bauernstil eingerichtet, wie sie die großen Möbelhäuser zu Tausenden verkaufen, mit dem gleichen Blumenständer in Kupfer auf der Anrichte, den gleichen geblümten Tellern im Geschirrschrank auf einem mit rotgewürfeltem Kretonne ausgeschlagenen Bord.

— Asseyez-vous... Attendez...

Il y avait, sur trois chaises, des morceaux de tissu, des patrons de couturière en gros papier brun, des ciseaux sur la table, un magazine de modes et un autre morceau de tissu qu'on était en train de tailler quand la sonnerie avait retenti.

La jeune fille tournait le bouton de la radio, et le silence devenait soudain absolu.

Lognon, plus renfrogné que jamais, regardait le bout de ses souliers mouillés. Maigret, lui, jouait avec sa pipe qu'il avait laissée s'éteindre.

— Il y a longtemps que votre beau-frère est sorti?

On voyait, au mur, un carillon Westminster, au cadran duquel la jeune fille jeta un coup d'œil machinal:

— Un peu avant dix heures... Peut-être dix heures moins dix?... Il avait un rendez-vous à dix heures dans le quartier...

— Vous ne savez pas où?

On remuait dans la chambre voisine plongée dans l'obscurité, et dont la porte restait entrebâillée.

— Dans un café, sans doute, mais je ne sais pas lequel... Tout près d'ici, sûrement, puisqu'il a annoncé qu'il serait rentré avant onze heures...

— Un rendez-vous d'affaires?

— Certainement... Quel autre rendez-vous pourrait-il avoir?

Et il sembla à Maigret qu'une légère rougeur montait aux joues de la jeune fille. Depuis quelques instants, d'ailleurs, à mesure qu'elle observait les deux hommes, elle était en proie à un malaise grandissant. Son regard contenait une interrogation muette. En même temps, on eût dit qu'elle avait peur de savoir.

— Vous connaissez mon beau-frère?

«Setzen Sie sich doch ... Einen Augenblick ...»

Auf drei Stühlen lagen Stoffstücke und Schnittmusterbögen aus grobem braunem Papier, und auf dem Tisch lagen eine Schere, ein Modeheft und ein weiteres Stück Stoff, das offenbar gerade zugeschnitten wurde, als die Klingel ertönte.

Das junge Mädchen drehte am Knopf des Radios, und nun wurde es vollkommen still im Raum.

Lognon, mürrischer denn je, betrachtete die Spitzen seiner nassen Schuhe. Maigret spielte mit seiner Pfeife, die er hatte ausgehen lassen.

«Ist Ihr Schwager schon lange fort?»

An der Wand stand eine Westminster-Standuhr, auf deren Zifferblatt das junge Mädchen einen unwillkürlichen Blick warf:

«Kurz vor zehn Uhr ... Vielleicht zehn Minuten vor zehn? ... Er hatte eine Verabredung für zehn Uhr hier in der Nähe ...»

«Sie wissen nicht, wo?»

Man hörte eine Bewegung im Nebenzimmer, das im Dunkeln lag, und dessen Tür angelehnt blieb.

«Ganz sicher in einem Café, aber ich weiß nicht, in welchem ... Bestimmt ganz in der Nähe, weil er gesagt hat, er werde vor elf Uhr zurück sein ...»

«Eine geschäftliche Verabredung?»

«Wahrscheinlich ... Was für eine Verabredung sollte er sonst haben?»

Es schien Maigret, dass dem jungen Mädchen eine leichte Röte in die Wangen stieg. Seit einigen Augenblicken, je länger sie die beiden Männer beobachtete, war ihr übrigens immer unangenehmer zumute geworden. Ihr Blick war eine stumme Frage. Aber zugleich hätte man sagen können, sie habe Angst vor der Antwort.

«Sie kennen meinen Schwager?»

– C'est-à-dire... Un peu... Il lui arrivait souvent d'avoir des rendez-vous le soir?

– Non... Rarement... On pourrait dire jamais...

– On lui a sans doute téléphoné?

Car Maigret venait d'apercevoir un appareil téléphonique sur un guéridon.

– Non... C'est à table, en dînant, qu'il a annoncé qu'il avait une course à faire à dix heures...

La voix devenait anxieuse. Et un léger bruit, dans la chambre, révélait que Mme Goldfinger venait de quitter son lit, pieds nus, et qu'elle devait se tenir debout derrière la porte pour mieux entendre.

– Votre beau-frère était bien portant?

– Oui... C'est-à-dire qu'il n'a jamais eu beaucoup de santé... Surtout, il se frappait... Il avait un ulcère à l'estomac, et le médecin était sûr de le guérir; mais lui était persuadé que c'était un cancer.

Du bruit. Un frôlement plutôt, et Maigret leva la tête, sûr que Mme Goldfinger allait apparaître. Il la vit dans l'encadrement de la porte, enveloppée d'un peignoir de flanelle bleue, le regard dur et fixe:

– Qu'est-il arrivé à mon mari? questionna-t-elle. Qui êtes-vous?

Les deux hommes se levèrent en même temps.

– Je vous demande pardon, madame, de faire ainsi irruption dans votre intimité. Votre sœur m'a annoncé que vous n'étiez pas bien ce soir...

– Cela n'a pas d'importance...

– J'ai, malheureusement, une mauvaise nouvelle à vous annoncer...

– Mon mari? questionna-t-elle du bout des lèvres.

Mais c'était la jeune fille que Maigret regardait, et il la vit ouvrir la bouche pour un cri qu'elle n'articula pas. Elle restait là, hagarde les yeux écarquillés.

«Also ... sozusagen ein wenig ... Kommt es oft vor, dass er abends Verabredungen hat?»

«Nein ... Selten ... Eigentlich nie ...»

«Er ist wohl angerufen worden?»

Maigret hatte nämlich gerade ein Telefon auf einem Tischchen entdeckt.

«Nein ... Bei Tisch, beim Abendessen hat er gesagt, er habe um zehn Uhr noch eine Besorgung zu machen ...»

Die Stimme wurde ängstlich. Und ein leises Geräusch im Schlafzimmer zeigte, dass Frau Goldfinger ihr Bett verlassen hatte, barfuß, und dass sie jetzt wohl hinter der Tür stand, um zu horchen.

«Ging es Ihrem Schwager gesundheitlich gut?»

«Ja ... Das heißt, er war nie sehr gesund ... Vor allem machte er sich Sorgen ... Er hatte ein Magengeschwür. Der Arzt war überzeugt, dass er ihn heilen könnte, aber er selbst glaubte fest, dass es Krebs sei.»

Ein Geräusch. Ein Knistern eher, und Maigret hob den Kopf, weil er sicher war, dass Frau Goldfinger hereinkommen werde. Er sah sie in der Tür stehen, in einen Morgenrock aus blauem Flanell gehüllt, mit hartem und starrem Blick:

«Was ist mit meinem Mann geschehen?» fragte sie. «Wer sind Sie?»

Die beiden Männer standen gleichzeitig auf.

«Entschuldigen Sie, Madame, dass ich in Ihre Wohnung eingedrungen bin. Ihre Schwester hat mir gesagt, dass Ihnen nicht wohl sei heute abend ...»

«Das macht nichts.»

«Ich habe Ihnen leider eine traurige Nachricht zu überbringen ...»

«Mein Mann?» fragte sie und kniff die Lippen zusammen.

Maigret jedoch beobachtete das junge Mädchen; sie öffnete den Mund zu einem Schrei, den sie nicht heraus brachte. Sie blieb so stehen, verstört, mit aufgerissenen Augen.

— Votre mari, oui... Il lui est arrivé un accident.
— Un accident ? questionnait l'épouse, dure et méfiante.
— Madame, je suis désolé d'avoir à vous apprendre que M. Goldfinger est mort...

Elle ne bougea pas. Elle restait là, debout, à les fixer de ses yeux sombres. Car, si sa sœur était une blonde aux yeux bleus, Mathilde Goldfinger, elle, était une brune assez grasse, aux yeux presque noirs, aux sourcils très dessinés.

— Comment est-il mort ?

La jeune fille, qui s'était jetée contre le mur, les mains en avant, la tête dans les bras, sanglotait silencieusement.

— Avant de vous répondre, il est de mon devoir de vous poser une question. Votre mari, à votre connaissance, avait-il des raisons de se suicider ? Est-ce que l'état de ses affaires, par exemple...

Mme Goldfinger épongea d'un mouchoir ses lèvres moites, puis se passa les mains sur les tempes en relevant ses cheveux d'un geste machinal :

— Je ne sais pas... Je ne comprends pas... Ce que vous me dites est tellement...

Alors, la jeune fille, au moment où on s'y attendait le moins, se retourna d'une détente brusque, montra un visage congestionné, laqué par les larmes, des yeux où il y avait du courroux, peut-être de la rage, et cria avec une énergie inattendue :

— Jamais Michel ne se serait suicidé, si c'est cela que vous voulez dire !

— Calme-toi, Éva... Vous permettez, messieurs ?

Et Mme Goldfinger s'assit, s'accouda d'un bras à la table rustique :

«Ja, Ihr Gatte ... Es ist ihm ein Unfall zugestoßen.»

«Ein Unfall?» fragte die Ehefrau zurück, hart und misstrauisch.

«Madame, es tut mir leid, aber ich muss Ihnen mitteilen, dass Herr Goldfinger tot ist ...»

Sie rührte sich nicht. Sie blieb stehen und betrachtete die beiden Männer mit düsteren Augen. Denn während ihre Schwester blond war und blaue Augen hatte, war Mathilde Goldfinger brünett und etwas rundlich, mit fast schwarzen Augen und sehr ausgeprägten Augenbrauen.

«Wie ist das passiert?»

Das junge Mädchen, das sich mit den Händen gegen die Wand geworfen hatte, den Kopf zwischen den Armen, schluchzte leise.

«Bevor ich Ihnen antworte, ist es meine Pflicht, Ihnen eine Frage zu stellen. Hatte Ihr Gatte Ihrem Wissen nach einen Grund, Hand an sich zu legen? War zum Beispiel der Stand seiner Geschäfte ...»

Frau Goldfinger wischte mit einem Taschentuch über ihre feuchten Lippen und strich sich dann mit den Händen über die Wangen, wobei sie geistesabwesend ihre Haare ordnete:

«Ich weiß nicht ... Ich verstehe das nicht ... Was Sie da sagen, ist so ...»

Da, in dem Augenblick, in dem man am wenigsten damit rechnen konnte, drehte sich das junge Mädchen mit einem Ruck zu ihnen um, zeigte ihr hochrotes Gesicht, das vor Tränen glänzte, und Augen, in denen Ärger, ja vielleicht Zorn war, und rief mit unerwarteter Heftigkeit:

«Niemals hat sich Michel umgebracht, wenn es das ist, was Sie sagen wollen!»

«Beruhige dich, Eva ... Sie gestatten, meine Herren?»

Frau Goldfinger setzte sich und stützte sich mit einem Arm auf den Bauerntisch:

— Où est-il?... Répondez-moi... Dites-moi comment cela est arrivé...

— Votre mari est mort, d'une balle dans la tête, à dix heures et quart exactement, devant la borne de Police-Secours du coin de la rue Caulaincourt.

Un sanglot rauque, douloureux. C'était Éva. Quant à Mme Goldfinger, elle était blême, les traits figés, et elle continuait à fixer le commissaire comme sans le voir :

— Où est-il à présent?

— Son corps a été transporté à l'Institut médico-légal, où vous pourrez le voir dès demain matin.

— Tu entends, Mathilde? hurla la jeune fille.

Les mots, pour elle, faisaient image. Avait-elle compris qu'on allait pratiquer l'autopsie, que le corps prendrait place ensuite dans un des nombreux tiroirs de cet immense frigorifique que constitue l'Institut médico-légal?

— Et tu ne dis rien?... Tu ne protestes pas?...

La veuve haussa imperceptiblement les épaules, répéta d'une voix lasse :

— Je ne comprends pas...

— Remarquez, madame, que je n'affirme pas que votre mari s'est suicidé...

Cette fois, ce fut Lognon qui eut comme un haut-le-corps et qui regarda le commissaire avec stupeur. Mme Goldfinger, elle, fronça les sourcils et murmura :

— Je ne comprends pas... Tout à l'heure, vous avez dit...

— Que cela ressemblait à un suicide... Mais il y a parfois des crimes qui ressemblent à des suicides... Votre mari avait-il des ennemis?...

— Non!

«Wo ist er? ... Antworten Sie mir ... Sagen Sie mir, wie es passiert ist ...»

«Ihr Gatte hat durch einen Kopfschuss, genau um Viertel nach zehn Uhr, vor dem Unfallmelder an der Ecke der Rue Caulaincourt den Tod gefunden.»

Ein heiseres, schmerzliches Schluchzen. Das war Eva. Frau Goldfinger dagegen war bleich, mit erstarrten Gesichtszügen, und blickte weiterhin den Kommissar an, als sähe sie durch ihn hindurch:

«Wo ist er jetzt?»

«Sein Leichnam ist ins Gerichtsmedizinische Institut gebracht worden, wo Sie ihn morgen früh sehen können.»

«Hörst du, Mathilde?» schrie das junge Mädchen.

Für sie verband sich also mit diesen Worten eine Vorstellung. Hatte sie begriffen, dass man die Autopsie vornehmen würde, und dass dann der Leichnam in eines der zahlreichen Schubfächer dieses riesigen Kühlschranks gelegt werden würde, den das Gerichtsärztliche Institut nun einmal darstellt?

«Und du sagst nichts? ... Du protestierst nicht? ...»

Die Witwe zuckte unmerklich die Schultern und wiederholte mit müder Stimme:

«Ich verstehe nicht ...»

«Beachten Sie, Madame, dass ich nicht behaupte, Ihr Gatte habe sich das Leben genommen ...»

Diesmal war es Lognon, der geradezu aufschreckte und den Kommissar verblüfft anstarrte. Frau Goldfinger dagegen runzelte die Augenbrauen und murmelte:

«Das verstehe ich nicht ... Gerade eben haben Sie doch gesagt ...»

«Dass es schiene, als handele es sich um Selbstmord ... Aber wir erleben manchmal Verbrechen, die wie ein Selbstmord aussehen ... Hatte Ihr Gatte Feinde ...?»

«Nein!»

Un non énergique. Pourquoi les deux femmes, ensuite, échangeaient-elles un bref regard?

— Avait-il des raisons pour attenter à ses jours?

— Je ne sais pas... Je ne sais plus... Il faut m'excuser, messieurs... Je suis moi-même mal portante aujourd'hui... Mon mari était malade, ma sœur vous l'a dit... Il se croyait plus malade qu'il n'était réellement... Il souffrait beaucoup... Le régime très strict qu'il devait suivre l'affaiblissait... Il avait, en outre, des soucis, ces derniers temps...

— A cause de ses affaires?

— Vous savez sans doute qu'il y a une crise, depuis près de deux ans, dans le commerce du diamant... Les gros peuvent tenir le coup... Ceux qui n'ont pas de capitaux et qui vivent pour ainsi dire au jour le jour...

— Est-ce que, ce soir, votre mari avait des pierres sur lui?

— Sans doute... Il en avait toujours...

— Dans son portefeuille?

— C'est là qu'il les mettait, d'habitude... Cela ne prend pas beaucoup de place, n'est-ce pas?

— Ces diamants lui appartenaient?

— C'est peu probable... Il en achetait rarement pour son compte, surtout les derniers temps... On les lui confiait à la commission...

C'était vraisemblable. Maigret connaissait assez le petit monde qui évolue dans les environs de la rue Lafayette et qui, tout comme le «milieu», a ses lois à lui. On voit, autour des tables, des pierres, qui représentent des fortunes, passer de main en main sans que le moindre reçu soit échangé. Tout le monde se connaît. Tout le monde sait que, dans la confrérie, nul n'oserait manquer à sa parole.

Ein energisches Nein. Aber warum wechselten die Frauen gleich darauf einen kurzen Blick?

«Hatte er einen Grund, seinem Leben ein Ende zu setzen?»

«Ich weiß nicht . . . Ich weiß nicht mehr . . . Entschuldigen Sie mich bitte, meine Herren . . . Mir geht es selber heute nicht gut . . . Mein Mann war krank, meine Schwester hat es Ihnen schon gesagt . . . Er hielt seine Krankheit für gefährlicher, als sie tatsächlich war . . . Es ging ihm schlecht . . . Die strenge Diät, die er einhalten musste, hatte ihn geschwächt . . . Außerdem hatte er in letzter Zeit viele Sorgen . . .»

«Geschäftlicher Art?»

«Sie wissen ja sicher, dass der Diamantenhandel seit jetzt schon fast zwei Jahren in einer Krise steckt . . . Die Großen können das durchhalten . . . Diejenigen, die kein Kapitel haben, und die, wie man so sagt, von der Hand in den Mund leben . . .»

«Sagen Sie mir noch: Hatte Ihr Gatte heute abend Steine bei sich?»

«Zweifellos . . . Er hatte immer welche . . .»

«In seiner Brieftasche?»

«Da tat er sie für gewöhnlich hinein . . . Sie nehmen ja auch wenig Platz ein, nicht wahr?»

«Gehörten ihm diese Diamanten?»

«Das ist unwahrscheinlich . . . Er kaufte selten welche auf eigene Rechnung, vor allem nicht in letzter Zeit . . . Man gab sie ihm in Kommission . . .»

Das mochte zutreffen. Maigret kannte diese kleine Welt rund um die Rue Lafayette ganz gut, die, ebenso wie die Unterwelt, ihre eigenen Gesetze hat. Man sieht an diesen Tischen Steine, die ein Vermögen darstellen, von Hand zu Hand gehen, ohne dass auch nur die kleinste Quittung gegeben würde. Alle kennen sich untereinander. Und alle wissen, dass niemand in diesem Kreise es wagen würde, sein Wort zu brechen.

— On lui a volé les diamants?

— Non, madame... Les voilà... Voici son portefeuille. Je voudrais vous poser encore une question. Votre mari vous mettait-il au courant de toutes ses affaires?

— De toutes...

Un tressaillement d'Éva. Cela signifiait-il que sa sœur ne disait pas la vérité?

— Votre mari, à votre connaissance, avait-il, pour les jours qui viennent, de grosses échéances?

— On devait présenter, demain, une traite de trente mille francs.

— Il disposait de l'argent?

— Je ne sais pas... C'est justement pour cela qu'il est sorti ce soir... Il avait rendez-vous avec un client dont il espérait tirer cette somme...

— Et s'il ne l'avait pas obtenue?

— La traite aurait sans doute été protestée...

— C'est déjà arrivé?

— Non... Il trouvait toujours l'argent au dernier moment...

Lognon soupira, lugubre, en homme qui juge qu'on perd son temps.

— De sorte que, si la personne que votre mari devait rencontrer ce soir ne lui avait pas remis la somme, Goldfinger, demain, aurait été en protêt... Ce qui signifie qu'il aurait été rayé automatiquement du milieu des courtiers en diamants, n'est-ce pas?... Si je ne m'abuse, ces messieurs sont sévères pour ces sortes d'accident?...

— Mon Dieu! Qu'est-ce que vous voulez que je vous dise?

C'était elle que Maigret regardait, du moins en apparence, mais, en réalité, depuis quelques minutes

«Hat man ihm die Diamanten gestohlen?»

«Nein, Madame ... Hier sind sie ... Hier ist seine Brieftasche. Aber ich möchte noch eine Frage an Sie richten. Hat Ihr Gatte Sie über alle seine Geschäfte auf dem Laufenden gehalten?»

«Über alle ...»

Eva zuckte zusammen. Bedeutete das, dass ihre Schwester nicht die Wahrheit sagte?

«Hatte Ihr Gatte Ihres Wissens für die nächsten Tage größere Zahlungsverpflichtungen?»

«Morgen sollte ein Akzept über dreißigtausend Franken vorgelegt werden.»

«Verfügt er über das Geld?»

«Ich weiß nicht ... Gerade deshalb ist er heute abend weggegangen ... Er hatte eine Verabredung mit einem Kunden, von dem er diese Summe zu bekommen hoffte ...»

«Und wenn er sie nicht bekommen hätte?»

«Dann wäre das bestimmt zu Protest gegangen ...»

«Ist das schon vorgekommen?»

«Nein ... Er fand das Geld immer noch im letzten Augenblick ...»

Lognon seufzte düster, wie ein Mann, der merkt, dass er seine Zeit vertut.

«Hätte also die Person, mit der sich Ihr Gatte heute abend treffen wollte, ihm die Summe nicht gegeben, so wäre Herr Goldfinger morgen ein Mann mit einem geplatzten Wechsel gewesen ... Das bedeutet doch, dass er automatisch aus dem Kreis der Diamantenhändler ausgeschlossen worden wäre, nicht wahr? ... Wenn ich mich nicht irre, sind diese Herren bei solchen Vorfällen sehr streng? ...»

«Ach du lieber Gott, was wollen Sie, dass ich Ihnen dazu sage?»

Maigret schaute sie an, jedenfalls tat er so. Aber in Wirklichkeit war es die kleine Schwägerin in Trauerkleidung, die

c'était la petite belle-sœur en deuil qu'il observait sans cesse à la dérobée.

Elle ne pleurait plus. Elle avait repris son sang-froid. Et le commissaire était étonné de lui voir un regard aigu, des traits si nets et si énergiques. Ce n'était plus une petite jeune fille en larmes, mais, malgré son âge, une femme qui écoute, qui observe, qui soupçonne.

Car il n'y avait pas à s'y tromper. Un détail avait dû la frapper dans les paroles échangées, et elle tendait l'oreille, ne laissait rien perdre de ce qui se disait autour d'elle.

— Vous êtes en deuil? questionna-t-il.

Il s'était tourné vers Éva, mais c'est Mathilde qui répondit:

— Nous sommes en deuil, toutes les deux, de ma mère, qui est morte voilà six mois... C'est depuis lors que ma sœur vit avec nous...

— Vous travaillez? demanda encore Maigret à Éva.

Et, une fois de plus, ce fut la sœur qui répondit:

— Elle est dactylographe dans une compagnie d'assurances, boulevard Haussmann.

— Une dernière question... Croyez que je suis confus... Est-ce que votre mari possédait un revolver?

— Il en avait un, oui... Mais il ne le portait pour ainsi dire jamais... Il doit encore être dans le tiroir de sa table de nuit.

— Voulez-vous être assez aimable pour vous en assurer?...

Elle se leva, passa dans la chambre, où elle tourna le bouton électrique. On l'entendit ouvrir un tiroir, remuer des objets. Quand elle revint, elle avait le regard plus sombre.

— Il n'y est pas, dit-elle, sans se rasseoir.

er seit einigen Minuten unausgesetzt verstohlen beobachtete.

Sie weinte nicht mehr. Sie hatte ihre Kaltblütigkeit wieder gefunden. Und der Kommissar war erstaunt, dass sie jetzt einen so scharfen Blick hatte, so klare, energische Gesichtszüge. Das war nicht mehr ein kleines, verweintes Mädchen, sondern, trotz ihrer Jugend, eine Frau, die zuhört, beobachtet, sich ihre Gedanken macht.

Denn eines stand zweifelsfrei fest: Irgend etwas in dem bisher Gesagten musste sie stutzig gemacht haben. Sie hörte genau zu und ließ sich nichts von dem entgehen, was da gesprochen wurde.

«Sie sind in Trauer?» fragte Maigret.

Er hatte sich an Eva gewandt, aber die Antwort kam von Mathilde:

«Wir sind beide in Trauer wegen meiner Mutter, die vor einem halben Jahr gestorben ist ... Seitdem lebt meine Schwester bei uns ...»

«Sie sind berufstätig?» fragte Maigret, immer noch an Eva gewandt.

Und wieder antwortete ihre Schester:

«Sie ist Stenotypistin bei einer Versicherungsgesellschaft am Boulevard Haussmann.»

«Eine letzte Frage ... Glauben Sie mir bitte, dass es mir peinlich ist ... Besaß Ihr Gatte einen Revolver?»

«Er hatte einen, ja ... Aber er trug ihn sozusagen nie bei sich ... Er muss noch in seiner Nachttischschublade sein.»

«Würden Sie wohl die Freundlichkeit haben, einmal nachzusehen?»

Sie stand auf, ging in das Schlafzimmer und drehte am Lichtschalter. Man hörte, wie sie eine Schublade öffnete und darin kramte. Als sie zurück kam, hatte sich ihr Blick verdüstert.

«Er ist nicht da», sagte sie, ohne sich wieder hinzusetzen.

— Y a-t-il longtemps que vous l'avez vu?

— Quelques jours au plus... Je ne pourrais pas dire au juste... Peut-être avant-hier, quand j'ai fait le grand nettoyage...

Éva ouvrit la bouche, mais, malgré le regard encourageant du commissaire, elle se tut.

— Oui. Cela devait être avant-hier...

— Ce soir, vous étiez couchée quand votre mari est rentré pour dîner?

— Je me suis couchée à deux heures de l'après-midi, car je me sentais lasse...

— S'il avait ouvert le tiroir pour y prendre le revolver, vous en seriez-vous aperçue?

— Je crois que oui...

— Ce tiroir contient-il des objets dont il aurait pu avoir besoin?

— Non... Un médicament qu'il ne prenait que la nuit, quand il souffrait trop; de vieilles boîtes de pilules et une paire de lunettes dont un verre est cassé...

— Vous étiez dans la chambre, ce matin, lorsqu'il s'est habillé?

— Oui... Je faisais les lits...

— De sorte que votre mari aurait dû prendre le revolver hier ou avant-hier au soir?

Encore un geste d'intervention d'Éva. Elle ouvrait la bouche. Non. Elle se taisait.

— Il ne me reste qu'à vous remercier, madame... A propos, connaissez-vous la marque du revolver?

— Browning, calibre 6^{mm}, 38. Vous devez en trouver le numéro dans le portefeuille de mon mari, car il était titulaire d'un port d'armes.

Ce qui, en effet, était exact.

— Demain matin, si vous n'y voyez pas d'incon-

«Ist es lange her, seit Sie ihn zuletzt gesehen haben?»

«Höchstens ein paar Tage ... Genau kann ich es nicht sagen ... Vielleicht vorgestern beim gründlichen Saubermachen ...»

Eva öffnete den Mund, sagte aber nichts, obwohl der Kommissar sie mit einem Blick ermunterte.

«Ja, es muss vorgestern gewesen sein ...»

«Lagen Sie im Bett, als Ihr Gatte heute zum Abendessen kam?»

«Ich habe mich schon um zwei Uhr nachmittags hingelegt, weil ich mich abgespannt fühlte ...»

«Hätten Sie es bemerkt, wenn er die Schublade geöffnet hätte, um den Revolver heraus zu nehmen?»

«Ich glaube ja ...»

«Enthält diese Schublade Gegenstände, die er hätte benötigen können?»

«Nein ... Ein Medikament, das er nur in der Nacht nahm, wenn er zu starke Schmerzen hatte; alte Tablettenschächtelchen und eine Brille mit einem zerbrochenen Glas ...»

«Waren Sie heute morgen im Zimmer, als er sich ankleidete?»

«Ja ... Ich machte die Betten ...»

«So dass also Ihr Gatte den Revolver gestern oder vorgestern abend hätte nehmen müssen?»

Wieder eine Handbewegung von Eva, als wolle sie unterbrechen. Sie öffnete den Mund. Nein. Sie schwieg.

«Mir bleibt nur noch, Ihnen zu danken, Madame ... Ach, da fällt mir ein: Kennen Sie die Marke des Revolvers?»

«Browning 38,6 Millimeter. Sie werden die Nummer wohl in der Brieftasche meines Mannes finden; er hatte einen Waffenschein.»

Das stimmte tatsächlich.

«Wenn es Ihnen recht ist, wird Herr Inspektor Lognon, der

vénient, l'inspecteur Lognon, qui est chargé de l'enquête, viendra vous prendre à l'heure que vous lui fixerez pour aller reconnaître le corps...

— Quand il voudra... Dès huit heures...

— Compris, Lognon?

Ils se retiraient, retrouvaient le palier mal éclairé, le tapis sombre de l'escalier, les murs brunis. La porte s'était refermée, et on n'entendait aucun bruit dans l'appartement. Les deux femmes se taisaient. Pas un mot n'était échangé entre elles.

Dans la rue, Maigret leva la tête vers la fenêtre éclairée et murmura:

— Maintenant que nous ne pouvons plus entendre, je parierais que ça va barder, là-haut.

Une ombre se profila sur le rideau. Bien que déformée, on reconnaissait la silhouette de la jeune fille qui traversait la salle à manger à pas pressés. Presque aussitôt, une autre fenêtre s'éclairait, et Maigret aurait parié qu'Éva venait de s'enfermer dans sa chambre, et que sa sœur essayait en vain de s'en faire ouvrir la porte.

die Untersuchung führt, Sie morgen früh zu einer Zeit, die Sie bitte selbst bestimmen wollen, abholen, zur Identifizierung des Leichnams ...»

«Wann es ihm passt ... Ab acht Uhr ...»

«Alles klar, Lognon?»

Sie verabschiedeten sich und standen nun wieder auf dem schlecht beleuchteten Treppenabsatz, auf dem düsteren Läufer, vor den braun gewordenen Wänden. Die Tür war wieder geschlossen, und kein Laut drang aus der Wohnung: Die beiden Frauen schwiegen. Nicht ein Wort wurde zwischen ihnen gewechselt.

Auf der Straße angelangt, blickte Maigret zu dem erleuchteten Fenster hinauf und murmelte:

«Jetzt, wo wir nichts mehr hören können, gibt's da oben bestimmt dicke Luft.»

Ein Schatten zeichnete sich auf dem Vorhang ab. So verschwommen er war, erkannte man doch die Umrisse des jungen Mädchens, das eilig durch das Esszimmer ging. Fast im gleichen Augenblick ging das Licht im Fenster daneben an, und Maigret hätte wetten mögen, dass Eva sich jetzt in ihrem Zimmer eingeschlossen hatte und ihre Schwester vergeblich versuchte, sich Zugang zu verschaffen.

Les malchances et les susceptibilités
de l'inspecteur Lognon

C'était une drôle de vie. Maigret prenait un air grognon, mais, en réalité, il n'aurait pas donné sa place, à ces moments-là, pour le meilleur fauteuil de l'opéra. Était-il possible d'être davantage chez lui, dans les vastes locaux de la Police Judiciaire, qu'au beau milieu de la nuit ? Tellement chez lui qu'il avait tombé la veste, retiré sa cravate et ouvert son col. Il avait même, après une hésitation, délacé ses souliers qui lui faisaient un peu mal.

En son absence, Scotland Yard avait téléphoné, et on avait passé la communication à son neveu Daniel, qui venait de lui en rendre compte.

L'escroc dont il s'occupait n'avait pas été signalé à Londres depuis plus de deux ans, mais, aux dernières nouvelles, il serait passé par la Hollande.

Maigret avait donc alerté Amsterdam. Il attendait maintenant des renseignements de la Sûreté néerlandaise. De temps en temps, il entrait en contact téléphonique avec ses inspecteurs qui surveillaient l'homme à la porte de son appartement du *Claridge* et dans le hall de l'hôtel.

Puis, la pipe aux dents, les cheveux hirsutes, il ouvrait la porte de son bureau et contemplait la longue perspective du couloir, où il n'y avait que deux lampes en veilleuse ; et il avait l'air, alors, d'un brave banlieusard qui, le dimanche matin, se campe sur son seuil pour contempler son bout de jardin.

Tout au fond du couloir, le vieux garçon de bureau de nuit, Jérôme, qui était dans la maison depuis plus de trente ans et qui avait les cheveux blancs comme

Das Pech und die Empfindlichkeit
des Inspektors Lognon

Ein komisches Leben war das. Maigret machte ein griesgrämiges Gesicht, aber in Wirklichkeit hätte er in einem solchen Augenblick seinen Platz nicht für den besten Logensitz in der Oper hergegeben. Konnte er sich überhaupt irgendwann in den weiten Räumen der Kriminalpolizei mehr zu Hause fühlen, als mitten in der Nacht? So sehr fühlte er sich zu Hause, dass er die Jacke ausgezogen, den Schlips abgebunden und den Kragen geöffnet hatte. Nach einigem Zögern hatte er sogar seine Schuhe aufgeschnürt, die ihn etwas drückten.

In seiner Abwesenheit hatte Scotland Yard angerufen. Man hatte das Gespräch zu seinem Neffen hinübergegeben, der ihm soeben davon berichtet hatte.

Der Betrüger, mit dem er sich zu befassen hatte, war in London seit über zwei Jahren nicht mehr aufgefallen, aber nach den letzten Meldungen sollte er nach Holland gegangen sein.

Maigret hatte also Amsterdam alarmiert. Er wartete nun auf die Nachrichten der holländischen Sicherheitspolizei. Von Zeit zu Zeit nahm er telefonisch mit seinen Inspektoren Verbindung auf, die den Mann vor der Tür seines Appartements im *Claridge* und im Vestibül des Hotels beschatteten.

Dann, die Pfeife zwischen den Zähnen und mit zerwühlten Haaren, öffnete er die Tür seines Büros und betrachtete die lange Flucht des Korridors, in dem nur zwei Nachtlampen brannten. Er sah aus, nun ja, wie ein braver Schrebergärtner, der sich am Sonntagmorgen auf der Schwelle seines Wochenendhäuschens aufstellt, um sein Stück Land zu betrachten.

Ganz am Ende des Korridors saß Jérôme, der alte Bürodiener vom Nachtdienst, der seit über dreißig Jahren im Hause

neige, était assis devant sa petite table surmontée d'une lampe à abat-jour vert et, le nez chaussé de lunettes à monture d'acier, il lisait invariablement un gros traité de médecine, le même depuis des années. Il lisait comme les enfants, en remuant les lèvres, en épelant les syllabes.

Puis le commissaire faisait quelques pas, les mains dans les poches, entrait dans le bureau des inspecteurs, où les deux hommes de garde, en manches de chemise, eux aussi, jouaient aux cartes et fumaient des cigarettes.

Il allait, il venait. Derrière son bureau, dans un étroit cagibi, il y avait un lit de camp sur lequel il lui arriva deux ou trois fois de s'étendre sans parvenir à s'assoupir. Il faisait chaud, malgré la pluie qui tombait de plus belle, car le soleil avait tapé dur sur les bureaux pendant toute la journée.

Une première fois, Maigret marcha jusqu'à son téléphone, mais, à l'instant de décrocher, sa main s'arrêta. Il déambula encore, retourna chez les inspecteurs, suivit la partie de cartes pendant un bout de temps et revint une seconde fois jusqu'à l'appareil.

Il était comme un enfant qui ne peut pas se décider à renoncer à une envie. Si encore Lognon avait été moins malchanceux ! Lognon ou pas Lognon, Maigret avait le droit, bien entendu, de prendre en main l'affaire de la rue Lamarck, comme il brûlait du désir de le faire.

Non pas parce qu'il la jugeait particulièrement sensationelle. L'arrestation de l'escroc, par exemple, à laquelle il ne parvenait pas à s'intéresser, lui vaudrait davantage de renommée. Mais, il avait beau faire, il revoyait sans cesse la borne de Police-Secours, dans la pluie, le petit courtier en diamants à la silhou-

war und schneeweiße Haare hatte, vor seinem Tischchen unter einer Lampe mit grünem Schirm und las, eine Stahlbrille auf der Nase, seit Jahren nun schon in ein und demselben Buch, einem großen Lehrwerk der Medizin. Er las wie ein Kind, indem er die Lippen bewegte und Silbe für Silbe entzifferte.

Dann ging der Kommissar, die Hände in den Hosentaschen, ein paar Schritte weiter und betrat das Dienstzimmer der Inspektoren, wo die beiden wachhabenden Beamten, ebenfalls in Hemdsärmeln, Karten spielten und Zigaretten rauchten.

Er lief planlos hin und her. Hinter seinem Büro, in einer engen Abstellkammer, stand ein Feldbett, auf dem er sich zwei- oder dreimal ausstreckte, ohne einschlafen zu können. Trotz des Regens, der jetzt noch kräftiger herunter kam, war es heiß im Raum; den ganzen Tag über hatte die Sonne auf die Bürofenster gebrannt.

Dann trat Maigret zum ersten Mal ans Telefon, aber als er den Hörer abheben wollte, ließ er die Hand sinken. Er lief wieder auf und ab, ging noch einmal zu seinen Inspektoren, schaute eine Zeitlang beim Kartenspiel zu und näherte sich ein zweites Mal dem Apparat.

Er war wie ein Kind, das sich nicht dazu entschließen kann, auf einen Wunsch zu verzichten. Wenn Lognon nur nicht so ein Pechvogel gewesen wäre! Lognon oder nicht Lognon, selbstverständlich hatte Maigret das Recht, den Fall von der Rue Lamarck in die Hand zu nehmen. Und er brannte darauf, das zu tun.

Nicht, weil er diesen Fall für besonders sensationell gehalten hätte. Die Verhaftung des Betrügers zum Beispiel, für die er sich nicht zu erwärmen vermochte, würde seinem Ruf mehr nützen. Aber er konnte machen, was er wollte: immer wieder sah er den Unfallmelder im Regen vor sich, den kleinen Diamantenmakler mit seinem ausgelaugten, kränklichen

ette étriquée et malingre, puis les deux sœurs, dans leur appartement.

Comment dire ? C'était une de ces affaires dont l'odeur lui plaisait, qu'il aurait aimé renifler à loisir jusqu'au moment où il en serait si bien imprégné que la vérité lui apparaîtrait d'elle-même.

Et il tombait justement sur le pauvre Lognon, le meilleur des hommes, au fond, le plus consciencieux des inspecteurs, consciencieux au point d'en être imbuvable, Lognon sur qui la malchance s'acharnait avec tant d'insistance qu'il en était arrivé à avoir la hargne d'un chien galeux.

Chaque fois que Lognon s'était occupé d'une affaire, il avait eu des malheurs. Ou bien, au moment où il allait opérer une arrestation, on s'apercevait que le coupable avait de hautes protections et qu'il fallait le laisser tranquille, ou bien l'inspecteur tombait malade et devait passer son dossier à un collègue, ou bien encore un juge d'instruction en mal d'avancement prenait pour lui le bénéfice de la réussite.

Est-ce que Maigret, cette fois encore, allait lui ôter le pain de la bouche ? Lognon, par-dessus le marché, habitait le quartier, place Constantin-Pecqueur, à cent cinquante mètres de la borne devant laquelle Goldfinger était mort, à trois cents mètres de l'appartement du courtier.

— C'est Amsterdam ?...

Maigret notait les renseignements qu'on lui transmettait. Comme, en quittant La Haye, l'escroc avait pris l'avion pour Bâle, le commissaire alertait ensuite la police suisse, mais c'était toujours au petit courtier, à sa femme et à sa belle-sœur qu'il pensait. Et, chaque fois qu'il se couchait sur son lit de camp et

Aussehen, und schließlich die beiden Schwestern in ihrer Wohnung.

Wie sollte man das erklären? Es war eine Sache, deren Geruch ihm gefiel; ein Geruch, den er am liebsten geschnüffelt hätte, bis er so damit vollgesogen war, dass ihm die Wahrheit von selbst aufgegangen sein würde.

Und ausgerechnet auf den armen Lognon musste er stoßen, diesen grundguten Mann, den gewissenhaftesten Inspektor der Welt, gewissenhaft bis zur Ungenießbarkeit. Lognon, den das Pech immer wieder mit solcher Hartnäckigkeit verfolgte, dass er nun bissig geworden war wie ein räudiger Hund.

Noch jedesmal, wenn Lognon sich um einen Fall gekümmert hatte, war es daneben gegangen. Entweder stellte sich gerade in dem Augenblick, da er eine Verhaftung vornehmen wollte, heraus, dass der Schuldige gute Beziehungen hatte und man ihn in Ruhe lassen musste, oder der Inspektor wurde krank und musste die Akte einem Kollegen übergeben, oder aber ein beförderungssüchtiger Untersuchungsrichter strich den Ruhm der gelungenen Sache für sich ein.

Würde nun diesmal Maigret ihm das Brot vor dem Munde wegschnappen? Zu allem Überfluss wohnte Lognon auch noch in der Gegend, Place Constantin-Pecqueur, hundertfünfzig Meter von dem Unfallmelder entfernt, vor dem Goldfinger den Tod gefunden hatte, und dreihundert Meter von der Wohnung des Maklers.

«Hallo, Amsterdam?...»

Maigret schrieb sich die Angaben auf, die man ihm durchsagte. Weil der Betrüger, als er Den Haag verließ, das Flugzeug nach Basel genommen hatte, alarmierte der Kommissar anschließend die schweizerische Polizei. Aber dabei dachte er immer an den kleinen Makler, an dessen Frau und an die Schwägerin. Und jedesmal, wenn er sich auf sein Feldbett

qu'il essayait de s'endormir, il les évoquait tous les trois avec une acuité accrue.

Alors il allait boire une gorgée de bière dans son bureau. Car, en arrivant, il avait fait monter trois demis et une pile de sandwiches de la *Brasserie Dauphine*. Tiens! il y avait de la lumière sous une porte: celle du commissaire de la Section financière. Celui-là, on ne le dérangeait pas. C'était un monsieur raide comme un parapluie, toujours tiré à quatre épingles, qui se contentait de saluer cérémonieusement ses collègues. S'il passait la nuit à la P.J., il y aurait du bruit à la Bourse le lendemain.

Au fait, on avait donné, le soir, un gala de centième au théâtre de la Madeleine, suivi d'un souper. Le Dr Paul, le plus parisien des médecins, l'ami des vedettes, y était sûrement allé: on ne l'attendait pas chez lui avant deux heures. Le temps de se changer — bien qu'il lui fût arrivé de se rendre en habit à la morgue, — et il devait être arrivé depuis un quart d'heure tout au plus à l'Institut médico-légal.

Maigret n'y tint plus, décrocha.

— Donnez-moi l'Institut médico-légal, s'il vous plaît... Allô!... Ici, Maigret... Voulez-vous demander au Dr Paul de venir un instant à l'appareil? ... Vous dites?... Il ne peut pas se déranger?... Il a commencé l'autopsie?... Qui est à l'appareil?... Le préparateur?... Bonsoir, Jean... Voulez-vous demander au docteur de bien vouloir analyser le contenu de l'estomac du mort... Oui... Soigneusement... Je voudrais savoir, en particulier, s'il a ingurgité quelque chose: aliment ou boisson, depuis son repas du soir, qu'il a dû prendre vers sept heures et demie... Merci... Oui, qu'il m'appelle ici... J'y serai toute la nuit...

legte und einzunicken versuchte, tauchten die drei mit größerer Deutlichkeit vor ihm auf.

Dann ging er wieder in sein Büro, um einen Schluck Bier zu trinken. Als er kam, hatte er sich nämlich drei Halbe und einen Stoß belegte Brote aus der *Brasserie Dauphine* heraufbringen lassen. Sieh da! Unter einer Tür schimmerte noch Licht: das war die Tür des Kommissars der Finanzabteilung. Den störte kein Mensch. Ein Mann, steif wie ein Regenschirm, immer wie aus dem Ei gepellt, der sich damit begnügte, seine Kollegen feierlich zu begrüßen. Wenn er die Nacht auf der Kriminalpolizei verbrachte, würde es morgen an der Börse heiß hergehen.

Am Abend hatte übrigens im Madeleine-Theater eine Galavorstellung mit anschließendem Bankett zur Feier einer hundertsten Aufführung stattgefunden. Dr. Paul, der pariserischste aller Ärzte, der Freund aller Stars, war gewiss hingegangen: er wurde nicht vor zwei Uhr daheim zurück erwartet. Wenn man die Zeit für das Umziehen hinzurechnete – obwohl es auch schon vorgekommen war, dass er im Frack in die Anatomie gegangen war –, dann musste er vor ungefähr einer Viertelstunde im Gerichtsmedizinischen Institut eingetroffen sein.

Maigret hielt es nicht mehr aus und hob den Hörer ab.

«Das Gerichtsmedizinische Institut bitte ... Hallo! ... Hier Maigret ... Würden Sie wohl Herrn Dr. Paul bitten, kurz an den Apparat zu kommen? ... Wie? ... Man darf ihn nicht stören? ... Er hat mit der Autopsie begonnen? ... Wer ist denn am Apparat? ... Der Präparator? ... Guten Abend, Jean ... Wollen Sie Dr. Paul bitten, den Mageninhalt des Toten zu analysieren ... Ja ... Sorgfältig ... Vor allem wüsste ich gern, ob er irgend etwas, Nahrung oder Getränke, seit seinem Abendessen zu sich genommen hat, das wohl so gegen halb acht Uhr gewesen sein muss ... Danke ... Ja, er möchte mich hier anrufen ... Ich bin die ganze Nacht hier ...»

Il raccrocha, demanda la table d'écoute, au Central téléphonique.

— Allô !... Ici, commissaire Maigret... Je voudrais que vous enregistriez toutes les communications que l'on pourrait donner ou recevoir de l'appartement d'un certain Goldfinger, 66 bis, rue Lamarck. Dès maintenant, oui...

Tant pis si Lognon y avait pensé. D'ailleurs, il lui téléphonait aussi, à son domicile de la place Constantin-Pecqueur. Et on répondait aussitôt, ce qui indiquait que l'inspecteur n'était pas couché...

— C'est vous, Lognon ?... Ici, Maigret... Je vous demande pardon de vous déranger...

C'était bien là l'inspecteur Malgracieux ! Au lieu de dormir, il était déjà occupé à rédiger son rapport. Sa voix était inquiète, maussade :

— Je suppose, monsieur le commissaire, que vous me déchargez de l'affaire ?

— Mais non, mon vieux !... C'est vous qui l'avez commencée et vous la continuerez jusqu'au bout... Je vous demanderai seulement, à titre purement personnel, de me tenir au courant...

— Dois-je vous envoyer copie des rapports ?

C'était tout Lognon !

— Ce n'est pas la peine...

— Parce que je comptais les envoyer à mon chef direct, le commissaire d'arrondissement...

— Mais oui, mais oui... A propos, j'ai pensé à deux ou trois petites choses... Je suis persuadé que vous y avez pensé aussi... Par exemple, ne croyez-vous pas qu'il serait utile de faire surveiller la maison par deux inspecteurs ?... Si une des deux femmes sortait, ou si elles sortaient toutes les deux séparément, ils pourraient ainsi les suivre dans toutes leurs allées et venues.

Er hängte ein und verlangte dann die Abhörstelle bei der Telefonzentrale.

«Hallo!... Hier Kommissar Maigret... Darf ich Sie wohl bitten, alle Gespräche, die in der Rue Lamarck 66a, von der Wohnung eines gewissen Goldfinger aus geführt oder von dort entgegengenommen werden, zu notieren. Ab sofort, ja...»

Und wenn Lognon auch daran gedacht hatte? Er rief ihn also an, in seiner Wohnung an der Place Constantin-Pecqueur. Er bekam sofort Anschluss: der Inspektor war also noch nicht schlafen gegangen...

«Sind Sie's, Lognon?... Hier Maigret... Entschuldigen Sie, dass ich Sie störe...»

Ganz der Brummige Inspektor! Statt zu schlafen, war er schon dabei, seinen Bericht zu schreiben. Seine Stimme klang beunruhigt und verdrießlich:

«Ich denke, Sie werden mir den Fall abnehmen, Herr Kommissar?»

«Aber nein, mein Bester!... Sie haben ihn angefangen, und Sie werden ihn auch zum guten Ende führen... Ich möchte Sie nur ganz privat bitten, mich auf den Laufenden zu halten...»

«Soll ich Ihnen einen Durchschlag der Berichte schicken?»

Echt Lognon!

«Das ist nicht nötig...»

«Ich wollte sie nämlich an meinen unmittelbaren Vorgesetzten, den Kommissar des Arrondissements, schicken...»

«Ja, ja natürlich... Übrigens, mir sind da zwei oder drei kleine Sachen eingefallen... Ich bin überzeugt, dass Sie auch daran gedacht haben... Glauben Sie nicht, dass es zum Beispiel gut wäre, das Haus von zwei Inspektoren beschatten zu lassen?... Wenn eine der beiden Frauen weggeht, oder beide getrennt weggehen, könnten sie ihnen immer auf den Fersen bleiben...»

— J'avais déjà mis un homme en faction . . . Je vais en envoyer un second . . . Je suppose que, si on me fait le reproche de mobiliser trop de monde . . .

— On ne vous adressera aucun reproche . . . Avez-vous déjà des nouvelles de l'Identité judiciaire au sujet des empreintes sur le revolver ?

Les locaux de l'Identité et les laboratoires se trouvaient juste au-dessus de la tête de Maigret, dans les combles du Palais de Justice, mais le commissaire ménageait jusqu'au bout la susceptibilité de l'inspecteur.

— Ils viennent de me téléphoner . . . Il y a beaucoup d'empreintes, mais trop confuses pour nous être utiles . . . Il semble que l'arme ait été essuyée, c'est difficile à affirmer, à cause de la pluie . . .

— Vous avez fait envoyer le revolver à Gastinne-Renette ?

— Oui. Il a promis d'être à son laboratoire dès huit heures et d'examiner l'arme aussitôt . . .

Il y avait d'autres conseils que Maigret aurait voulu lui donner. Il brûlait de se plonger dans l'affaire jusqu'au cou. C'était un véritable supplice. Mais rien que d'entendre au bout du fil la voix lamentable de l'inspecteur Malgracieux lui faisait pitié.

— Allons . . . Je vous laisse travailler . . .

— Vous ne voulez vraiment pas prendre le dossier en main ?

— Non, mon vieux . . . Allez-y ! . . . Et bonne chance ! . . .

— Je vous remercie . . .

La nuit se traîna ainsi, dans l'intimité chaude de ces vastes locaux que l'obscurité semblait rétrécir et où ils n'étaient que cinq à travailler ou à errer. Un coup de téléphone, de temps en temps. Bâle qui rappelait. Puis le *Claridge*.

«Ich habe schon einen Mann aufgestellt ... Ich werde einen zweiten hin schicken ... Ich nehme an, dass, wenn man mir vorwirft, zu viele Leute einzusetzen ...»

«Gar nichts wird man Ihnen vorwerfen ... Haben Sie schon etwas vom Erkennungsdienst gehört wegen der Fingerabdrücke auf dem Revolver?»

Die Räume des Erkennungsdienstes und seine Laboratorien befanden sich genau über dem Kopf Maigrets im Dachgeschoss des Justizpalastes, aber der Kommissar schonte die Empfindlichkeit des Inspektors bis zum äußersten.

«Sie haben mich angerufen ... Es sind viele Abdrücke darauf, aber zu durcheinander, als dass man etwas damit anfangen könnte ... Die Waffe ist anscheinend abgewischt worden; aber es ist schwer zu sagen wegen des Regens ...»

«Haben Sie den Revolver zu Gastinne-Renette geschickt?»

«Ja. Er hat mir versprochen, schon um acht Uhr in seinem Laboratorium zu sein und die Waffe sogleich zu untersuchen ...»

Maigret hätte ihm noch weitere Ratschläge geben mögen. Er brannte darauf, sich bis zum Hals in diesen Fall zu stürzen. Es war wirklich eine Strafe Gottes. Aber er brauchte nur am anderen Ende der Leitung die klägliche Stimme des Brummigen Inspektors zu hören, um Mitleid zu bekommen.

«Na schön ... Ich lasse Sie arbeiten ...»

«Wollen Sie die Sache wirklich nicht selber in die Hand nehmen?»

«Nein, mein Bester ... Also an die Arbeit! ... Und viel Glück! ...»

«Ich danke Ihnen ...»

So ging die Nacht dahin in der warmen Heimeligkeit dieser großen Räume, die in der Dunkelheit zu schrumpfen schienen, und in denen nur fünf Menschen arbeiteten oder auf und ab gingen. Von Zeit zu Zeit ein Telefonanruf. Basel rief zurück. Dann das *Claridge*.

— Écoutez, mes enfants, s'il dort, laissez-le dormir... Quand il sonnera pour son petit déjeuner seulement, pénétrez dans sa chambre, gentiment, et demandez-lui de venir faire un tour au quai des Orfèvres... Surtout, pas d'esclandre... Le directeur du *Claridge* n'aime pas ça...

Il rentra chez lui à huit heures, et il pensait tout le long du chemin qu'au même moment ce sacré Lognon embarquait Mathilde et Éva dans un taxi, rue Lamarck, pour les conduire à l'Institut médico-légal.

Le ménage était déjà fait, boulevard Richard-Lenoir. Mme Maigret était toute fraîche, et le petit déjeuner attendait sur la table.

— Le Dr Paul vient de t'appeler.

— Il y a mis le temps...

L'estomac de l'infortuné Goldfinger ne contenait que des aliments à moitié digérés, de la soupe aux légumes, des pâtes et du jambon blanc. Depuis huit heures du soir, le courtier en diamants n'avait rien ingéré.

— Pas même un verre d'eau minérale? insista Maigret.

— En tout cas, pas pendant la demi-heure qui a précédé la mort...

— Avez-vous remarqué un ulcère à l'estomac?

— Au duodénum, plus exactement...

— Pas de cancer?

— Sûrement pas...

— De sorte qu'il pouvait encore vivre longtemps.

— Très longtemps. Et même guérir...

— Je vous remercie, docteur... Soyez assez gentil pour envoyer votre rapport à l'inspecteur Lognon... Comment?... Oui, l'inspecteur Malgracieux... Bonne journée!...

«Hört mal, Jungens. Wenn er schläft, lasst ihn schlafen ... Wenn er nach dem Frühstück klingelt, geht in sein Zimmer, sehr höflich, und bittet ihn, doch auf einen Sprung mit euch zum Quai des Orfèvres zu kommen ... Vor allem kein Aufsehen erregen ... Der Direktor des *Claridge* hat das nicht gern ...»

Um acht Uhr ging er nach Hause und dachte während des ganzen Weges daran, dass in diesem Augenblick der verwünschte Lognon in der Rue Lamarck Mathilde und Eva in ein Taxi verfrachtete, um sie zum Gerichtsmedizinischen Institut zu bringen.

Die Hausarbeit im Boulevard Richard-Lenoir war schon gemacht. Frau Maigret kam ihrem Mann frisch entgegen, und das Frühstück wartete auf dem Tisch.

«Dr. Paul ruft dich gerade an.»

«Na, der hat sich auch Zeit gelassen ...»

Der Magen des unglücklichen Goldfinger enthielt nur halbverdaute Speisen: Gemüsesuppe, Teigwaren und gekochten Schinken. Seit acht Uhr abends hatte der Diamantenmakler nichts mehr zu sich genommen.

«Nicht einmal ein Glas Mineralwasser?» vergewisserte sich Maigret.

«Jedenfalls nicht während der letzten halben Stunde vor seinem Tode ...»

«Ist Ihnen ein Geschwür im Magen aufgefallen?»

«Im Zwölffingerdarm, genauer gesagt ...»

«Kein Krebs?»

«Mit Sicherheit: nein ...»

«Dann hätte er also noch lange leben können.»

«Sehr lange. Und sogar gesund werden ...»

«Schönen Dank, Doktor ... Seien Sie doch so nett und schicken Sie Ihren Bericht an Inspektor Lognon ... Wie bitte? ... Ja, an den Brummigen Inspektor ... Viel Glück bei der Arbeit! ...»

Et Mme Maigret d'intervenir, en voyant son mari se diriger vers la salle de bains:

— Tu vas te coucher, j'espère?

— Je ne sais pas encore... J'ai un peu dormi, cette nuit...

Il prit un bain, suivi d'une douche glacée, mangea de bon appétit en regardant la pluie qui tombait toujours comme un matin de Toussaint. A neuf heures, il avait le célèbre armurier au bout du fil.

— Allô!... Dites-moi, Maigret, il y a un détail qui me chiffonne dans cette histoire... Il s'agit de gangsters, n'est-ce pas?

— Pourquoi dites-vous ça?

— Voilà... C'est bien le revolver qui m'a été remis pour expertise qui a tiré la balle retrouvée dans la boîte crânienne du mort...

Maigret cita le numéro de l'arme, qui correspondait au numéro du browning appartenant à Goldfinger. L'expert, lui, ne savait rien des circonstances du drame. Il jugeait sur pièces, uniquement.

— Qu'est-ce qui vous chiffonne?

— En examinant le canon du revolver, j'ai remarqué de petites stries luisantes, extérieurement, à l'extrémité du canon. J'ai fait l'expérience sur d'autres armes du même calibre... Or j'ai obtenu un résultat identique en adaptant sur le canon un silencieux de modèle américain...

— Vous êtes sûr de cela?

— J'affirme qu'il n'y a pas très longtemps, deux jours au maximum, probablement moins, car les stries se seraient ternies, un silencieux a été adapté sur le revolver qui m'a été soumis.

— Voulez-vous avoir l'obligeance d'envoyer le

Frau Maigret griff sofort ein, als sie ihren Mann zum Badezimmer gehen sah:

«Du legst dich doch erst einmal ins Bett?»

«Ich weiß noch nicht ... Ich habe heute Nacht ein wenig geschlafen ...»

Er nahm ein Bad, dann eine eiskalte Dusche, aß mit gutem Appetit und sah dabei hinaus in den Regen, der immer noch wie an einem Allerheiligen-Morgen herunterkam. Um neun Uhr hatte er den berühmten Waffenfachmann an der Leitung.

«Hallo! ... Sagen Sie, Maigret, da ist eine Sache, die mir bei dieser Geschichte keine Ruhe lässt ... Es geht um Gangster, nicht wahr?»

«Wie kommen Sie darauf?»

«Sehen Sie ... Die Kugel, die man im Schädel des Toten gefunden hat, ist doch wirklich aus dem Revolver abgefeuert worden, den man mir zur Untersuchung vorgelegt hat ...»

Maigret nannte die Nummer der Waffe, die mit der Nummer von Goldfingers Browning übereinstimmte. Der Sachverständige wusste ja nichts von den Umständen des Geschehens. Er urteilte nur auf Grund der Gegenstände.

«Was macht Sie denn stutzig?»

«Als ich den Lauf des Revolvers untersuchte, habe ich außen an der Mündung kleine glänzende Streifen festgestellt. Ich habe an anderen Waffen gleichen Kalibers die Gegenprobe gemacht ... Und ich bin zu demselben Ergebnis gekommen, als ich auf den Lauf einen Schalldämpfer, amerikanisches Modell, aufgesetzt habe ...»

«Sind Sie da sicher?»

«Ich behaupte, dass vor nicht sehr langer Zeit, vor höchstens zwei Tagen, wahrscheinlich weniger, denn die Streifen wären sonst nachgedunkelt, ein Schalldämpfer auf den Revolver aufgesetzt worden ist, den man mir vorgelegt hat.»

«Wären Sie wohl so freundlich, den schriftlichen Bericht

rapport écrit à l'inspecteur Lognon, qui a la direction de l'enquête?

Et Gastinne-Renette, tout comme le Dr Paul l'avait fait, de s'exclamer:

— L'inspecteur Malgracieux?

Mme Maigret soupirait:

— Tu t'en vas?... Prends au moins ton parapluie...

Il s'en allait, oui, mais il n'allait pas où il avait envie d'aller, à cause de cet animal d'inspecteur et de sa malchance. S'il s'était écouté, il se serait fait conduire en taxi au coin de la rue Caulaincourt et de la rue Lamarck. Pour quoi faire? Rien de bien précis. Pour prendre l'air de la rue, pour fureter dans les coins, entrer dans les bistrots du quartier, écouter les gens qui, depuis la mise en vente des journaux du matin, étaient au courant.

Goldfinger avait annoncé, en partant de chez lui, qu'il avait un rendez-vous dans le quartier. S'il s'était suicidé, le rendez-vous pouvait être imaginaire. Mais alors, que venait faire ce silencieux? Comment concilier cet appareil, d'usage au surplus peu courant et difficile à trouver, avec la détonation qui avait ébranlé l'appareil de Police-Secours?

Si le courtier avait vraiment un rendez-vous... Généralement, les rendez-vous ne se donnent pas dans la rue, surtout à dix heures du soir, par une pluie battante. Plutôt dans un café, dans un bar... Or le courtier en diamants n'avait rien ingurgité, pas même un verre d'eau, passé le moment où il était sorti de chez lui.

Maigret aurait aimé refaire le chemin qu'il avait fait, s'arrêter devant la borne de Police-Secours.

an Inspektor Lognon zu schicken, der die Untersuchung führt?»

Und wie schon Dr. Paul, sagte auch Gastinne-Renette unwillkürlich:

«An den Brummigen Inspektor?»

Frau Maigret seufzte:

«Gehst du schon?... Nimm wenigstens deinen Regenschirm mit...»

Er ging, ja, aber wegen dieses Esels von einem Inspektor mit seinem ewigen Pech ging er nicht dahin, wohin er wohl hätte gehen mögen. Am liebsten hätte er ein Taxi genommen, um an die Ecke Rue Caulaincourt/Rue Lamarck zu fahren. Warum? Ohne besonderen Grund. Um die Luft dieser Straße zu atmen, in allen Ecken herumzustöbern, in die Kneipen des Viertels zu gehen und den Leuten zuzuhören, die nun seit dem Erscheinen der Morgenzeitungen von der Sache wussten.

Als er von zu Hause wegging, hatte Goldfinger gesagt, er habe eine Verabredung in der Nähe. Hatte er Selbstmord verübt, so konnte das ein Vorwand gewesen sein. Aber was hatte dann der Schalldämpfer zu bedeuten? Und wie sollte man dieses Gerät, das zudem nur selten verwendet wurde und schwer aufzutreiben war, mit dem lauten Schuss in Verbindung bringen, der im Unfallmelder geklirrt hatte?

Wenn aber der Makler wirklich eine Verabredung gehabt hatte... Im allgemeinen trifft man sich dann nicht auf der Straße, vor allem nicht um zehn Uhr abends und bei strömendem Regen. Eher in einem Café, in irgendeinem Lokal... Aber der Diamantenmakler hatte nichts zu sich genommen, nicht einmal ein Glas Wasser, seit er von daheim weggegangen war.

Maigret wäre liebend gern den bisher zurückgelegten Weg noch einmal gegangen, hätte sich gern den Unfallmelder noch einmal angesehen.

Non ! Il y avait quelque chose qui ne tournait pas rond, il le sentait depuis le début. Un homme comme Stan le Tueur peut avoir l'idée d'injurier la police, de la défier une dernière fois avant de se faire sauter le caisson. Pas un petit serre-fesses comme Goldfinger !

Maigret avait pris l'autobus, et il restait debout sur la plate-forme, à contempler vaguement le Paris matinal, les poubelles dans les hachures de pluie, tout un petit peuple gravitant comme des fourmis en direction des bureaux et des magasins.

Deux hommes, à six mois de distance, n'ont pas la même inspiration ... Surtout quand il s'agit d'une idée aussi baroque que celle qui consiste à alerter la police pour la faire en quelque sorte assister de loin à son propre suicide ...

On *imite* ... On ne *réinvente* pas ... Si un homme, par exemple, se donne la mort en se jetant du troisième étage de la Tour Eiffel et si les journaux ont l'imprudence d'en parler, on aura une épidémie de suicides identiques ; quinze, vingt personnes, dans les mois qui suivent, se jetteront du haut de la Tour ...

Or on n'avait jamais parlé des derniers moments de Stan ... Sauf à la P. J. ... C'était cela qui, depuis le début, depuis qu'il avait quitté Daniel pour se rendre rue Caulaincourt, tracassait Maigret.

— On vous a demandé du *Claridge*, monsieur le commissaire ...

Ses deux inspecteurs ... L'escroc, qu'on appelait le Commodore, venait de sonner pour réclamer son petit déjeuner.

— On y va, patron ?
— Allez-y, mes enfants ...

Nein! Irgendetwas war da wirklich nicht in Ordnung; er hatte es von Anfang an gespürt. Ein Mann wie Stan der Totschläger konnte auf die Idee kommen, die Polizei anzupöbeln und ihr noch ein letztes Mal seine Verachtung zu zeigen, bevor er sich eine Kugel durch den Kopf jagte. Aber nicht ein armes Teufelchen wie Goldfinger!

Maigret hatte den Autobus genommen. Er blieb draußen auf der Plattform stehen und betrachtete zerstreut das morgendliche Paris, die Mülleimer im Strichelregen und das ganze kleine Volk, das jetzt wie Ameisen in seine Büros und Läden strömte.

Innerhalb von sechs Monaten können nicht zwei Männer die gleiche Idee haben... Vor allem dann nicht, wenn es sich um einen so seltsamen Einfall handelt wie den, die Polizei anzurufen, um sie sozusagen zum Zeugen des eigenen Selbstmords zu machen...

Man imitiert... Man erfindet nicht dasselbe neu... Wenn sich zum Beispiel ein Mensch das Leben nimmt, indem er sich vom dritten Stockwerk des Eiffelturms hinunterstürzt, und wenn die Zeitungen unvorsichtigerweise davon berichten, entsteht eine ganze Epidemie gleichartiger Selbstmorde; fünfzehn, zwanzig Personen werden sich dann in den darauffolgenden Monaten vom Turm stürzen...

Von Stans letzten Augenblicken war aber nie die Rede gewesen... Außer bei der Kriminalpolizei... Das war es, was Maigret von Anfang an beschäftigt hatte, seit er Daniel verlassen hatte, um zur Rue Caulaincourt zu fahren.

«Man hat vom *Claridge* nach Ihnen verlangt, Herr Kommissar...»

Seine beiden Inspektoren... Der Betrüger, genannt «Commodore», hatte geklingelt, um sein Frühstück zu bekommen.

«Sollen wir jetzt, Chef?»

«Ja, los, Jungens...»

Il envoyait son escroc international à tous les diables et y envoyait mentalement Lognon par surcroît.

— Allô!... C'est vous, monsieur le commissaire?... Ici, Lognon...

Parbleu! Comme s'il n'avait pas reconnu la voix lugubre de l'inspecteur Malgracieux!

— Je reviens de l'Institut médico-légal... Mme Goldfinger n'a pas pu nous accompagner...

— Hein?

— Elle était, ce matin, dans un tel état de prostration nerveuse qu'elle m'a demandé la permission de rester au lit... Son médecin était à son chevet quand je suis arrivé... C'est un médecin du quartier, le Dr Langevin... Il m'a confirmé que sa patiente avait passé une très mauvaise nuit, bien qu'elle eût usé un peu trop largement de somnifère...

— C'est la sœur qui vous a accompagné?

— Oui... Elle a reconnu le cadavre... Elle n'a pas prononcé un mot tout le long du chemin... Elle n'est plus tout à fait la même qu'hier... Elle a un petit air dur et décidé qui m'a frappé...

— Elle a pleuré?

— Non... elle est restée très raide devant le corps...

— Où est-elle en ce moment?

— Je l'ai reconduite chez elle... Elle a eu un entretien avec sa sœur, puis elle est ressortie pour aller à la maison de Borniol afin de s'occuper des obsèques...

— Vous avez mis un agent derrière elle?

— Oui... Un autre est resté à la porte... Personne n'est sorti pendant la nuit... Il n'y a pas eu d'appels téléphoniques...

— Vous aviez alerté la table d'écoute?

— Oui...

Er wünschte seinen internationalen Betrüger zu allen Teufeln, und in Gedanken Lognon gleich dazu.

«Hallo!... Sind Sie es, Herr Kommissar?... Hier spricht Lognon...»

Verflixt! Als ob er die umflorte Stimme des Brummigen Inspektors nicht gleich erkannt hätte!

«Ich komme gerade vom Gerichtsmedizinischen Institut... Frau Goldfinger hat nicht mitkommen können...»

«Was?»

«Sie war heute Morgen derart mit den Nerven herunter, dass sie mich gebeten hat, im Bett bleiben zu dürfen... Ihr Arzt stand gerade an ihrem Bett, als ich kam... Ein Arzt aus der Gegend, Dr. Langevin... Gemäß seiner Bestätigung hat die Patientin eine sehr schlechte Nacht hinter sich, obwohl sie etwas reichlich viel Schlafmittel genommen habe...»

«Ist die Schwester mitgekommen?»

«Ja... Sie hat den Leichnam wieder erkannt... Sie hat auf dem ganzen Weg kein Wort gesagt... Sie ist nicht mehr ganz dieselbe wie gestern... Sie hat so eine bestimmte, entschiedene Art, die mir aufgefallen ist...»

«Hat sie geweint?»

«Nein... Sie hat stocksteif vor dem Toten gestanden...»

«Wo ist sie jetzt?»

«Ich habe sie nach Hause gebracht... Sie hat eine Unterredung mit ihrer Schwester gehabt, dann ist sie wieder fortgegangen, und zwar zur Firma Borniol, um die Bestattung zu regeln...»

«Haben Sie einen Beamten hinterhergeschickt?»

«Ja... Ein zweiter ist vor der Tür stehengeblieben... Während der ganzen Nacht ist niemand fortgegangen... Keine Telefongespräche...»

«Sie hatten die Abhörstelle alarmiert?»

«Ja...»

Et Lognon, après une hésitation, prononça, comme un homme qui avale sa salive avant de dire une chose déplaisante :

— Un sténographe prend note du rapport verbal que je vous fais en ce moment et dont je vous enverrai copie par messager avant midi, ainsi qu'à mon chef hiérarchique, afin que tout soit régulier...

Maigret grommela pour lui-même :

— Va au diable !

Ce formalisme administratif, c'était tout Lognon, tellement habitué à voir ses meilleures initiatives se retourner contre lui qu'il en arrivait à se rendre insupportable par ses précautions ridicules.

— Où êtes-vous, mon vieux ?

— Chez *Manière*...

Une brasserie de la rue Caulaincourt, non loin de l'endroit où Goldfinger était mort.

— Je viens de faire tous les bistrots du quartier... J'ai montré la photo du courtier, celle qui est sur la carte d'identité... Elle est récente, car la carte a été renouvelée il y a moins d'un an... Personne n'a vu Goldfinger hier soir vers dix heures... D'ailleurs, on ne le connaît pas, sauf dans un petit bar tenu par un Auvergnat, à cinquante mètres de chez lui, où il allait souvent téléphoner avant qu'on installe le téléphone chez lui, il y a deux ans...

— Le mariage remonte à...

— Huit ans... Maintenant, je me rends rue Lafayette... S'il y a eu rendez-vous, c'est presque sûrement là qu'il a été pris... Comme tout le monde se connaît dans le milieu des courtiers en diamants...

Maigret était vexé comme une punaise de ne pouvoir faire tout ça lui-même, se frotter aux gens qui avaient connu Goldfinger, compléter peu à

Und nach kurzem Zögern sagte Lognon wie ein Mann, der erst einmal die Spucke runter schluckt, bevor er etwas Unangenehmes sagt:

«Ein Stenograf schreibt den mündlichen Bericht mit, den ich Ihnen hier gebe und von dem ich Ihnen und meinem direkten Vorgesetzten noch vor Mittag je eine Abschrift durch Boten schicken werde, damit alles in Ordnung ist...»

Maigret murmelte vor sich hin:

«Geh doch zum Teufel!...»

Diese bürokratische Genauigkeit, das war ganz Lognon, der es so gewohnt war, dass sich seine besten Absichten gegen ihn kehrten, dass er sich durch seine lächerlichen Vorsichtsmaßregeln unmöglich machte.

«Wo sind Sie denn jetzt?»

«Bei *Manière*...»

Ein Lokal in der Rue Caulaincourt, nicht weit von der Stelle entfernt, an der Goldfinger gestorben war.

«Ich bin in alle Lokale der Gegend gegangen... Ich habe das Foto des Maklers gezeigt, das vom Personalausweis... Das Foto ist ziemlich neu, denn der Ausweis ist vor weniger als einem Jahr erneuert worden... Niemand hat Goldfinger gestern gegen zehn Uhr gesehen... Übrigens kennt ihn kein Mensch, nur ein Mann aus der Auvergne, der eine kleine Kneipe hat, fünfzig Meter von seiner Wohnung entfernt ... Dahin ist er oft zum Telefonieren gegangen, bevor er vor zwei Jahren selber Telefon bekommen hat...»

«Verheiratet seit...»

«Acht Jahren... Ich gehe jetzt zur Rue Lafayette... Wenn überhaupt ein Treffen verabredet war, dann bestimmt dort ... Und da sich die Diamantenhändler alle gegenseitig kennen...»

Es juckte Maigret wie ein Wanzenstich, dass er das nicht selber tun konnte: mit den Leuten in Berührung kommen, die Goldfinger gekannt hatten, und langsam, Tüpfelchen für

peu, par petites touches, l'image qu'il se faisait de celui-ci.

— Allez-y... Tenez-moi au courant...

— Vous allez recevoir le rapport...

Mais cette pluie, qui tombait maintenant toute fine, avec l'air de ne jamais vouloir s'arrêter, lui donnait envie d'être dehors. Et il était forcé de s'occuper d'un personnage aussi banal qu'un escroc international spécialisé dans le lavage des chèques et des titres au porteur, un monsieur qui allait le prendre de haut pendant un temps plus ou moins long et qui finirait par manger le morceau.

On le lui amenait justement. C'était un bel homme d'une cinquantaine d'années, l'air aussi distingué que le plus racé des clubmen, qui feignait l'étonnement.

— Vous vous mettez à table?

— Pardon? disait l'autre en jouant avec son monocle. Je ne comprends pas. Il doit y avoir erreur sur la personne...

— Chante, fifi...

— Vous dites?

— Je dis: *chante, fifi!*... Écoutez, je n'ai pas la patience, aujourd'hui, de passer des heures à vous mijoter un interrogatoire à la chansonnette... Vous voyez ce bureau, n'est-ce pas?... Dites-vous que vous n'en sortirez que quand vous aurez mangé le morceau... Janvier!... Lucas!... Retirez-lui sa cravate et ses lacets de souliers. Passez-lui les menottes... Surveillez-le et empêchez-le de bouger d'une patte... A tout à l'heure, mes enfants...

Tant pis pour Lognon qui avait la chance, lui, de prendre le vent rue Lafayette. Il sauta dans un taxi.

— Rue Caulaincourt. Je vous arrêterai...

Tüpfelchen, das Bild vervollständigen, das er sich von ihm machte.

«Viel Erfolg ... Halten Sie mich auf dem Laufenden ...»

«Sie bekommen den Bericht ...»

Der Regen, der jetzt ganz fein nieselte, als wolle er überhaupt nicht mehr aufhören, machte ihm Lust, hinaus zu gehen. Und dabei musste er sich um eine so langweilige Person wie diesen internationalen Betrüger kümmern, diesen Spezialisten für Fälschungen von Schecks und Inhaberpapieren, der ihn während längerer oder kürzerer Zeit von oben herab behandeln und der dann schließlich doch klein beigeben würde.

Da wurde er gerade herein geführt. Er war ein schöner Mann von ungefähr fünfzig Jahren, der vornehm aussah wie der allerrassigste Club-Gentleman und Überraschung heuchelte.

«Wollen Sie auspacken?»

«Wie bitte?» sagte der andere und spielte mit seinem Monokel. «Ich verstehe nicht ganz. Hier muss eine Personenverwechslung vorliegen ...»

«Komm, sing schon ...»

«Wie bitte?»

«Ich sage: Komm, sing schon! ... Hören Sie zu. Ich habe heute nicht die Geduld, um Ihnen hier stundenlang ein kleines vornehmes Verhör zusammenzubrutzeln ... Sie sehen dieses Büro, nicht wahr? ... Machen Sie sich bitte klar, dass Sie hier erst wieder rauskommen, wenn Sie auspacken ... Janvier! ... Lucas! ... Nehmt ihm die Krawatte weg und zieht ihm die Schnürsenkel heraus. Legt ihm Handschellen an ... Überwacht ihn und passt auf, dass er sich keinen Schritt bewegt ... Bis gleich, Jungens ...»

Seinetwegen durfte Lognon die Spur in der Rue Lafayette aufnehmen ... Maigret sprang in ein Taxi.

«Rue Caulaincourt ... Ich sage Ihnen, wo wir anhalten ...»

Et cela lui faisait déjà plaisir de retrouver la rue où Goldfinger avait été tué, où il était mort, en tout cas, devant le poteau peint en rouge de Police-Secours.

Il prit, à pied, la rue Lamarck, le col du veston relevé, car, en dépit de Mme Maigret et de ses recommandations maternelles, il avait laissé son parapluie quai des Orfèvres...

A quelques pas du 66 bis, il reconnut un inspecteur qu'il lui était arrivé de rencontrer et qui, bien que connaissant le fameux commissaire, crut discret de feindre de ne pas le voir.

– Viens ici... Personne n'est sorti?... Personne n'est monté au troisième étage?...

– Personne, monsieur Maigret... J'ai suivi dans l'escalier tous ceux qui entraient... Peu de monde... Rien que des livreurs...

– Mme Goldfinger est toujours couchée?

– Probablement... Quant à sa sœur, elle est sortie et mon collègue Marsac est sur ses talons...

– Elle a pris un taxi?

– Elle a attendu l'autobus au coin de la rue.

Maigret entra dans la maison, passa devant la loge sans s'arrêter, monta au troisième étage et sonna à la porte de droite. Le timbre résonna. Il tendit l'oreille, la colla à la porte, mais n'entendit aucun bruit. Il sonna une seconde fois, une troisième. Il annonça à mi-voix:

– Police!...

Certes, il savait que Mme Goldfinger était couchée, mais elle n'était pas malade au point de ne pouvoir se lever et répondre, fût-ce à travers l'huis.

Il descendit rapidement dans la loge.

– Mme Goldfinger n'est pas sortie, n'est-ce pas?

Es befriedigte ihn schon ein wenig, die Straße wieder zu sehen, in der Goldfinger getötet worden war, wo er auf jeden Fall gestorben war, vor dem rot angestrichenen Unfallmelder.

Zu Fuß ging er dann die Rue Lamarck hinunter, mit hochgeschlagenem Jackenkragen; denn trotz der mütterlichen Ermahnung von Frau Maigret hatte er seinen Schirm am Quai des Orfèvres gelassen...

Wenige Schritte vor dem Hause 66a erkannte er einen Inspektor, den er schon einmal irgendwo getroffen haben musste und der, obwohl er den berühmten Kommissar kannte, glaubte, so tun zu müssen, als sähe er ihn nicht.

«Komm her... Ist niemand weggegangen?... Ist niemand zum dritten Stock hinauf gegangen?...»

«Niemand, Monsieur Maigret... Ich bin allen, die kamen, ins Treppenhaus gefolgt... Wenige Leute... Nur Lieferanten...»

«Liegt Frau Goldfinger noch im Bett?»

«Wahrscheinlich... Ihre Schwester ist weggegangen. Mein Kollege Marsac ist ihr auf den Fersen...»

«Hat sie ein Taxi genommen?»

«Sie hat an der Straßenecke auf den Bus gewartet.»

Maigret betrat das Haus, ging ohne weiteres an der Loge der Concierge vorbei, stieg hinauf zum dritten Stockwerk und klingelte an der rechten Tür. Die Glocke schepperte. Er lauschte, legte das Ohr an die Tür, hörte aber kein Geräusch. Er klingelte zum zweiten, zum dritten Mal. Mit gedämpfter Stimme sagte er:

«Polizei!...»

Er wusste zwar, dass Frau Goldfinger im Bett lag, aber sie war nicht so krank, dass sie nicht hätte aufstehen und ihm antworten können, und sei es nur durch die Tür.

Eilig ging er zur Pförtnerloge hinunter.

«Frau Goldfinger ist nicht weggegangen?»

— Non, monsieur... Elle est malade... Le docteur est venu ce matin... Sa sœur, elle, est sortie...

— Vous avez le téléphone?

— Non... Vous en trouverez un chez l'Auvergnat, à quelques pas d'ici...

Il s'y précipita, demanda le numéro de l'appartement, et la sonnerie d'appel résonna longuement dans le vide.

Le visage de Maigret, à ce moment, exprimait l'ahurissement le plus complet. Il demanda la table d'écoute.

— Vous n'avez eu aucun appel pour l'appartement de Goldfinger?

— Aucun... Pas une seule communication depuis que vous nous avez alertés cette nuit... A propos, l'inspecteur Lognon, lui aussi...

— Je sais...

Il était furieux. Ce silence ne correspondait à rien de ce qu'il avait imaginé. Il revint au 66 bis.

— Tu es sûr, demanda-t-il à l'inspecteur en faction, qu'il n'est monté personne au troisième?

— Je vous le jure... J'ai suivi tous ceux qui ont pénétré dans la maison... J'en ai même fait une liste, comme l'inspecteur Lognon me l'avait recommandé...

Toujours le Lognon tatillon!

— Viens avec moi... S'il le faut, tu descendras chercher un serrurier... On doit en trouver un dans le quartier...

Ils gravirent les trois étages. Maigret sonna à nouveau. Silence, d'abord. Puis il lui sembla que quelqu'un s'agitait au fond de l'appartement. Il répéta!

— Police!...

Et, une voix lointaine:

«Nein, Monsieur ... Sie ist krank ... Heute morgen war der Arzt da ... Ihre Schwester ist außer Haus ...»

«Haben Sie Telefon?»

«Nein ... Sie können bei dem Auvergnaten telefonieren, nur ein paar Schritte von hier ...»

Er lief hin, wählte die Nummer der Wohnung Goldfinger und ließ lange das Klingelzeichen ertönen – ohne Erfolg.

Maigrets Gesicht zeigte in diesem Augenblick völlige Verblüffung. Er verlangte die Abhörstelle.

«Haben Sie keinen Anruf gehabt für die Wohnung Goldfinger?»

«Keinen ... Keinen einzigen Anruf, seit Sie uns heute Nacht alarmiert haben ... Übrigens hat auch Inspektor Lognon ...»

«Ich weiß ...»

Er war wütend. Das Schweigen passte gar nicht zu dem, was er sich zusammengereimt hatte. Er ging wieder zum Hause 66a.

«Bist du sicher», sagte er zu dem Inspektor vor der Tür, «dass niemand in den dritten Stock hinauf gegangen ist?»

«Ich versichere Ihnen ... Ich bin hinter allen hergegangen, die das Haus betreten haben ... Ich habe sie sogar in eine Liste eingetragen, wie es mir Inspektor Lognon empfohlen hat ...»

Immer wieder dieser pinselig genaue Lognon!

«Komm mit nach oben ... Vielleicht musst du nochmal hinunter gehen und einen Schlosser holen ... Es wird ja wohl hier in der Gegend einen geben ...»

Sie stiegen die drei Treppen hinauf. Maigret klingelte von neuem. Wieder Schweigen. Aber dann schien es ihm, als bewege sich etwas hinten in der Wohnung. Er wiederholte:

«Polizei! ...»

Und eine ferne Stimme antwortete:

— Un instant...

Un instant qui dura plus de trois minutes. Fallait-il trois minutes pour passer un peignoir et des pantoufles, voire, à la rigueur, pour se rafraîchir le visage?

— C'est vous, monsieur le commissaire?

— C'est moi... Maigret...

Le déclic d'un verrou que l'on tire, d'une clef dans la serrure.

— Je vous demande pardon... Je vous ai fait attendre longtemps, n'est-ce pas?

Et lui, soupçonneux, agressif:

— Que voulez-vous dire?

S'aperçut-elle qu'elle venait de gaffer? Elle balbutia, d'une voix ensommeillée, trop ensommeillée au gré du commissaire:

— Je ne sais pas... Je dormais... J'avais pris une drogue pour dormir... Il me semble que, dans mon sommeil, j'ai entendu la sonnerie...

— Quelle sonnerie?

— Je ne pourrais pas vous dire... Cela se mélangeait à mon rêve... Entrez, je vous prie... Je n'étais pas en état, ce matin, d'accompagner votre inspecteur... Mon médecin était ici...

— Je sais...

Et Maigret, qui avait refermé la porte, laissant le jeune agent sur le palier, regardait autour de lui d'un air maussade.

Mathilde portait le même peignoir bleu que la veille au soir. Elle lui disait:

— Vous permettez que je me recouche?

— Je vous en prie...

Il y avait encore, sur la table de la salle à manger, une tasse qui contenait un peu de café au lait, du pain

«Einen Augenblick...»

Ein Augenblick, der über drei Minuten dauerte. Brauchte man drei Minuten, um sich einen Morgenrock und Hausschuhe anzuziehen, und um sich vielleicht noch das Gesicht frisch zu machen?

«Sind Sie es, Herr Kommissar?»

«Ich bins... Maigret...»

Das Knacken eines Riegels, der zurückgezogen wird, dann ein Schlüssel im Schloss.

«Entschuldigen Sie bitte... Ich habe Sie lange warten lassen, nicht wahr?»

Und er, in verdächtigendem, aggressiven Ton:

«Was wollen Sie damit sagen?»

Merkte sie, dass sie einen Fehler gemacht hatte? Sie stammelte mit verschlafener, mit zu verschlafener Stimme, wie es dem Kommissar schien:

«Ich weiß nicht... Ich habe geschlafen... Ich hatte ein Mittel genommen, um zu schlafen... Ich glaube, im Schlaf habe ich die Klingel gehört...»

«Welche Klingel?»

«Ich kann es Ihnen nicht sagen... Es war wie im Traum... Kommen Sie doch bitte herein... Ich war heute morgen nicht in der Lage, Ihren Inspektor zu begleiten... Mein Arzt war hier...»

«Ich weiß...»

Maigret, der die Tür hinter sich geschlossen und den jungen Beamten auf der Treppe gelassen hatte, blickte sich mürrisch um.

Mathilde trug den selben blauen Morgenrock wie am Vorabend. Sie sagte:

«Erlauben Sie, dass ich mich wieder hinlege?»

«Ich bitte Sie darum...»

Auf dem Tisch im Esszimmer stand noch eine Tasse mit etwas Milchkaffee, Brot und Butter, offenbar die Reste von

et du beurre, les restes, sans doute, du petit déjeuner d'Éva. Dans la chambre en désordre, Mme Goldfinger se recouchait en poussant un soupir douloureux.

Qu'est-ce qu'il y avait qui n'allait pas? Il remarqua que la jeune femme s'était couchée avec son peignoir. Cela pouvait évidemment être un signe de pudeur.

— Vous étiez sur le palier depuis longtemps?
— Non ...
— Vous n'avez pas téléphoné?
— Non ...
— C'est étrange ... Dans mon rêve, il y avait une sonnerie de téléphone qui n'arrêtait pas ...
— Vraiment?

Bon. Il se rendait compte, maintenant, de ce qui le choquait. Cette femme, qu'il était censé tirer du plus profond sommeil, d'un sommeil encore alourdi par un narcotique, cette femme qui, trois heures plus tôt, au dire de son médicin, souffrait de dépression nerveuse, avait la coiffure aussi nette qu'une dame en visite.

Il y avait autre chose, un bas, un bas de soie qui dépassait un peu de dessous le lit. Fallait-il croire qu'il était là depuis la veille? Maigret laissa tomber sa pipe et se baissa pour la ramasser, ce qui lui permit de voir que, sous le lit, *il n'y avait pas de second bas.*

— Vous m'apportez des nouvelles?
— Tout au plus viens-je vous poser quelques questions ... Un instant ... Où est votre poudre?
— Quelle poudre?
— Votre poudre de riz ...

Car elle était fraîchement poudrée et le commissaire n'apercevait aucune boîte à poudre dans la chambre.

Evas Frühstück. In dem unaufgeräumten Schlafzimmer legte sich Frau Goldfinger mit einem Schmerzens-Seufzer wieder ins Bett.

Was war hier nicht in Ordnung? Er bemerkte, dass sich die junge Frau in ihrem Morgenrock niedergelegt hatte. Das konnte allerdings auch nur ein Zeichen von Schamhaftigkeit sein.

«Waren Sie schon lange draußen?»

«Nein...»

«Haben Sie nicht angerufen?»

«Nein...»

«Das ist seltsam... In meinem Traum war da ein klingelndes Telefon, das überhaupt nicht aufhören wollte...»

«Wirklich?»

Na schön. Aber jetzt hatte er herausbekommen, was ihn so störte. Diese Frau, die er doch aus dem tiefsten Schlaf geweckt hatte, aus einem Schlaf, der durch Narkotika noch verstärkt gewesen war, diese Frau, die nach Aussage ihres Arztes noch vor drei Stunden unter nervösen Depressionen gelitten hatte, war so gut frisiert wie eine Dame auf Besuch.

Und da war noch etwas. Ein Strumpf, ein Seidenstrumpf, der ein wenig unter dem Bett hervor spitzte. Sollte er etwa noch vom Vorabend da sein? Maigret ließ seine Pfeife fallen und bückte sich, um sie wieder aufzuheben. Dabei konnte er festellen, dass unterm Bett *kein zweiter Strumpf lag*.

«Haben Sie mir etwas mitzuteilen?»

«Nein, ich komme nur, um Ihnen einige Fragen zu stellen... Einen Augenblick... Wo ist Ihr Puder?»

«Welcher Puder?»

«Der Gesichtspuder...»

Denn sie war frisch gepudert, und der Kommissar konnte nirgends im Zimmer eine Puderdose entdecken.

— Sur la tablette du cabinet de toilette... Vous dites cela parce que je vous ai fait attendre? C'est machinalement, je vous jure, que, quand j'ai entendu sonner, j'ai fait un brin de toilette...

Et Maigret avait envie de laisser tomber:

— Non...

A voix haute, il disait:

— Votre mari était assuré sur la vie?

— Il a pris une assurance de trois cent mille francs l'année de notre mariage... Puis, plus tard, il en a souscrit une seconde afin que cela fasse le million...

— Il y a longtemps?

— Vous trouverez les polices dans le secrétaire, derrière vous... Vous pouvez l'ouvrir... Il n'est pas fermé à clef... Elles sont dans le tiroir de gauche...

Deux polices, à la même compagnie. La première remontait à huit ans. Maigret tourna tout de suite la page, cherchant une clause qu'il était presque sûr de trouver.

En cas de suicide...

Quelques compagnies seulement couvrent le risque en cas de suicide. C'était le cas, avec une restriction cependant: la prime n'était payable, en cas de suicide, que si celui-ci survenait un an au moins après la signature de la police.

La seconde assurance, de sept cent mille francs, comportait la même clause. Maigret alla droit à la dernière page, afin de voir la date. La police avait été signée treize mois plus tôt, exactement.

— Votre mari, pourtant, à cette époque, ne faisait pas de brillantes affaires...

— Je sais... Je ne voulais pas qu'il prenne une aussi grosse assurance, mais il était persuadé que sa maladie était grave, et il tenait à me mettre à l'abri...

«Auf dem Tischchen im Badezimmer ... Sagen Sie das, weil ich Sie habe warten lassen? Ganz unwillkürlich, ich versichere es Ihnen, habe ich mich etwas zurecht gemacht, als ich die Klingel hörte ...»

Maigret hätte am liebsten hingeworfen:

«Nein ...»

Laut sagte er:

«War Ihr Gatte in einer Lebensversicherung?»

«Er hat sich im Jahr unserer Heirat mit dreihunderttausend Franken versichert ... Später hat er dann eine zweite Versicherung abgeschlossen, damit die Million voll wurde ...»

«Ist das lange her?»

«Sie finden die Policen im Schreibtisch, hinter Ihnen ... Machen Sie ruhig auf ... Er ist nicht abgeschlossen ... Sie sind in der Schublade links ...»

Zwei Policen von derselben Gesellschaft. Die erste war acht Jahre alt. Maigret blätterte gleich um, weil er eine Klausel suchte, die zu finden er fast sicher war.

Im Falle des Selbstmords ...

Nur wenige Gesellschaften treten auch bei Selbstmord ein. Bei dieser war es so, allerdings mit einer Einschränkung: Im Falle des Selbstmordes wurde die Summe nur dann zahlbar, wenn dieser frühestens ein Jahr nach Unterzeichnung der Police geschah.

Die zweite Versicherung, über siebenhunderttausend Franken, hatte die gleiche Klausel. Maigret blätterte gleich zur letzten Seite weiter, um das Datum zu sehen. Die Police war genau vor dreizehn Monaten unterzeichnet worden.

«Aber Ihr Gatte machte damals doch keine besonders guten Geschäfte ...»

«Ich weiß ... Ich wollte nicht, dass er eine so hohe Versicherung einging, aber er war überzeugt, dass seine Krankheit sehr schwer sei, und wollte mich versorgt wissen ...»

— Je vois qu'il a payé toutes les échéances, ce qui n'a pas dû être facile...

On sonnait. Mme Goldfinger esquissait un mouvement pour se lever, mais le commissaire allait ouvrir, se trouvait face à face avec un Lognon dont tout le sang paraissait quitter le visage et qui balbutiait, les lèvres tendues, comme un gosse qui va pleurer :

— Je vous demande pardon.

— Au contraire... C'est moi qui m'excuse... Entrez, mon vieux...

Maigret avait les polices à la main, et l'autre les avait vues, il les désignait du doigt.

— Ce n'est plus la peine... C'était justement pour cela que je venais...

— Dans ce cas, nous allons descendre ensemble.

— Il me semble, puisque vous êtes là, que je n'ai plus rien à faire et que je peux rentrer chez moi... Ma femme, justement, n'est pas bien...

Car Lognon, pour comble d'infortune, avait la femme la plus acariâtre du monde, qui se portait malade la moitié du temps, de sorte que c'était l'inspecteur qui devait faire le ménage en rentrant chez lui.

— Nous descendrons ensemble, vieux... Le temps de prendre mon chapeau...

Et Maigret était confus, prêt à balbutier des excuses. Il s'en voulait de faire de la peine à un pauvre bougre plein de bonne volonté. On montait l'escalier. C'était Éva, qui regardait les deux hommes d'un œil froid et dont le regard allait tout de suite aux polices d'assurances. Elle passait devant eux avec un salut sec.

— Venez, Lognon. Je crois que nous n'avons rien

«Ich sehe, er hat alle Prämien bezahlt. Das muss nicht leicht gewesen sein ...»

Es klingelte. Frau Goldfinger machte eine Bewegung, als wolle sie aufstehen, aber der Kommissar ging schon selber aufmachen und stand Lognon gegenüber, dem alles Blut aus dem Gesicht zu entweichen schien und der mit gespannten Lippen, wie ein Kind, das gleich weinen wird, stammelte:

«Oh ... Entschuldigung.»

«Im Gegenteil ... Ich muss Sie um Entschuldigung bitten ... Kommen Sie herein ...»

Maigret hatte die Versicherungspolicen in der Hand. Der andere hatte sie gesehen und wies darauf:

«Das ist nicht mehr nötig ... Gerade deswegen bin ich gekommen ...»

«Na, dann können wir ja beide abziehen.»

«Es scheint mir, nachdem Sie nun da sind, dass ich hier nichts mehr verloren habe. Ich darf dann wohl nach Hause gehen ... Meine Frau ist nämlich gerade nicht gut zuwege ...»

Denn Lognon hatte zu allem Überfluss die zanksüchtigste Frau auf der ganzen Welt, die sich das halbe Jahr hindurch krank stellte, was zur Folge hatte, dass der Inspektor immer, wenn er nach Hause kam, den Haushalt machen musste.

«Gehen wir zusammen ... Ich muss nur noch meinen Hut holen ...»

Maigret war verwirrt, fast hätte er Entschuldigungen gestammelt. Er machte sich Vorwürfe, dass er diesem armen Kerl, der sich doch soviel Mühe gab, weh getan hatte. Jemand stieg die Treppe herauf. Es war Eva. Kalten Auges musterte sie die beiden Männer, und ihr Blick fiel sofort auf die Versicherungspolicen. Mit einem trockenen Gruß ging sie an ihnen vorbei.

«Kommen Sie, Lognon. Ich glaube, hier gibt es im Augen-

à découvrir ici pour le moment... Dites-moi, mademoiselle, quand ont lieu les obsèques...

— Après-demain... On va ramener le corps cet après-midi...

— Je vous remercie...

Drôle de fille. C'était elle qui avait les nerfs si tendus qu'on aurait dû la mettre au lit avec une bonne dose de barbiturique.

— Écoutez, mon vieux Lognon...

Les deux hommes descendaient l'escalier l'un derrière l'autre, et Lognon soupirait en hochant la tête:

— J'ai compris... Depuis la première minute...

— Qu'est-ce que vous avez compris?

— Que ce n'est pas une affaire pour moi... Je vais vous faire mon dernier rapport...

— Mais non, mon vieux...

Ils passaient devant la loge de la concierge.

— Un instant... Une question à poser à cette brave femme... Dites-moi, madame, est-ce que Mme Goldfinger sort beaucoup?

— Le matin, pour faire son marché... Parfois, l'après-midi, pour aller dans les grands magasins, mais pas souvent...

— Elle reçoit des visites?

— Pour ainsi dire jamais... Ce sont des gens très calmes...

— Il y a longtemps qu'ils sont dans la maison?

— Six ans... Si tous les locataires leur ressemblaient...

Et Lognon, lugubre, tête basse, feignait de ne prendre aucune part à cette conversation qui ne le regardait plus, puisqu'un grand chef du quai des Orfèvres lui coupait l'herbe sous le pied.

— Elle n'est jamais sortie davantage?

blick nichts zu entdecken . . . Sagen Sie, Mademoiselle, wann findet die Beerdigung statt? . . .»

«Übermorgen . . . Der Leichnam wird heute nachmittag überführt . . .»

«Danke sehr . . .»

Seltsames Mädchen. Sie, nicht ihre Schwester, hatte so angespannte Nerven, dass man sie mit einer kräftigen Dosis Schlafmittel ins Bett legen müsste.

«Hören Sie, Lognon . . .»

Die beiden Männer gingen hintereinander die Treppe hinunter, und Lognon seufzte, indem er den Kopf schüttelte:

«Ich habe verstanden . . . Vom ersten Augenblick an . . .»

«Was haben Sie verstanden?»

«Dass dies kein Fall für mich ist . . . Ich werde Ihnen meinen letzten Bericht machen . . .»

«Aber nein doch, mein Lieber . . .»

Sie kamen an der Loge der Concierge vorbei.

«Einen Augenblick . . . Ich muss die gute Frau hier etwas fragen . . . Sagen Sie, Madame, geht Frau Goldfinger oft fort?»

«Morgens, um Einkäufe zu machen . . . Und manchmal auch nachmittags, um in die Warenhäuser zu gehen, aber nicht oft . . .»

«Empfängt sie Besuch?»

«Man kann fast sagen: nie . . . Das sind ausgesprochen ruhige Leute . . .»

«Wohnen sie schon seit langem im Haus?»

«Seit sechs Jahren . . . Wenn alle Mieter so wären wie die . . .»

Lognon, mürrisch, mit gesenktem Kopf, tat so, als interessiere er sich gar nicht für dieses Gespräch, das ihn nichts mehr anging, weil sein großer Kollege vom Quai des Orfèvres ihm ja doch die Butter vom Brot nahm.

«Ist sie zu keiner Zeit häufiger ausgegangen?»

— Si on peut dire... Cet hiver, à un moment donné... Il y a eu un moment où elle passait presque tous ses après-midi dehors... Elle m'a dit qu'elle allait tenir compagnie à une amie qui attendait un bébé...

— Et vous avez vu cette amie?

— Non. Sans doute qu'elles se sont brouillées ensuite...

— Je vous remercie... C'était avant l'arrivée de Mlle Éva, n'est-ce pas?...

— C'est à peu près vers ce moment-là que Mme Goldfinger a cessé de sortir, oui...

— Et rien ne vous a frappée?...

La concierge dut penser à quelque chose. Un instant, son regard devint plus fixe, mais, presque aussitôt, elle hocha la tête.

— Non... Rien d'important...

— Je vous remercie.

Les deux inspecteurs, dans la rue, faisaient semblant de ne pas se connaître.

— Venez avec moi jusque chez *Manière*, inspecteur... Un coup de téléphone à donner, et je suis à vous...

— A votre disposition... soupirait Lognon de plus en plus lugubre.

Ils prirent l'apéritif dans un coin. Le commissaire pénétra dans la cabine pour téléphoner.

— Allô! Lucas?... Notre Commodore?

— Il mijote...

— Toujours aussi fier?

— Il commence à avoir soif... Je crois qu'il donnerait cher pour un demi ou pour un cocktail...

— Il aura ça quand il se sera mis à table... A tout à l'heure...

«Was soll ich sagen . . Ja, diesen Winter, da gab es eine Zeit . . . also, da gab es mal eine Zeit, wo sie fast jeden Nachmittag außer Haus war . . . Sie hat mir gesagt, sie gehe zu einer Freundin, die ein Kind erwartete, um ihr Gesellschaft zu leisten . . .»

«Haben Sie diese Freundin gesehen?»

«Nein. Es sieht ganz so aus, als hätten sie sich dann verzankt . . .»

«Ich danke Ihnen . . . Das war vor der Ankunft von Fräulein Eva, nicht wahr?»

«Ungefähr von diesem Zeitpunkt an ist Frau Goldfinger nicht mehr weggegangen, ja . . .»

«Ist Ihnen dabei nichts aufgefallen? . . .»

Die Concierge musste wohl an irgend etwas denken. Für ein paar Sekunden wurde ihr Blick etwas starrer, aber gleich darauf schüttelte sie den Kopf.

«Nein . . . nichts Wichtiges . . .»

«Ich danke Ihnen.»

Die Inspektoren auf der Straße taten, als kennten sie die beiden nicht.

«Kommen Sie mit zu *Manière*, Inspektor . . . Ich habe nur noch ein Telefonat zu erledigen, dann stehe ich zu Ihrer Verfügung . . .»

«Selbstverständlich . . .» seufzte Lognon, der immer griesgrämiger wurde.

In einer Ecke des Lokals nahmen sie einen Apéritif. Der Kommissar ging in die Zelle, um zu telefonieren.

«Hallo! Lucas? . . . Unser Commodore?»

«Er schmort so vor sich hin . . .»

«Immer noch so stolz?»

«Er kriegt allmählich Durst . . . Ich glaube, er würde allerhand geben für eine Halbe oder einen Cocktail . . .»

«Die soll er haben, wenn er ausgepackt hat . . . Bis nachher . . .»

Et il retrouva Lognon qui, sur la table de marbre du café, sur du papier à en-tête de chez *Manière*, commençait à écrire sa démission d'une belle écriture moulée de sergent-major.

Und er ging wieder zu Lognon, der, am Marmortisch des Cafés und auf Papier mit dem Briefkopf von *Manière*, dabei war, mit den schönen Druckbuchstaben einer Stabsfeldwebel-Schrift sein Abschiedsgesuch zu schreiben.

Une locataire trop tranquille
et un monsieur pas né d'hier

L'interrogatoire du Commodore dura dix-huit heures, entrecoupé de coups de téléphone à Scotland Yard, à Amsterdam, à Bâle et même à Vienne. Le bureau de Maigret, à la fin, ressemblait à un corps de garde, avec des verres vides, des assiettes de sandwiches sur la table, des cendres de pipe un peu partout sur le plancher et des papiers épars. Et le commissaire, encore qu'il eût tombé la veste dès le début, avait de larges demi-cercles de sueur à sa chemise, sous les aisselles.

Il avait commencé par traiter en monsieur son prestigieux client. A la fin, il le tutoyait comme un vulgaire voleur à la tire ou comme un gars du milieu.

— Écoute, mon vieux... Entre nous, tu sais bien que...

Il ne s'intéressait pas du tout à ce qu'il faisait. C'est peut-être, en définitve, à cause de cela qu'il vint à bout d'un des escrocs les plus coriaces. L'autre n'y comprenait rien, voyait le commissaire donner ou recevoir passionnément des coups de téléphone qui ne le concernaient pas toujours.

Pendant ce temps-là, c'était Lognon qui s'occupait de ce qui tenait tant à cœur à Maigret.

— Vous comprenez, mon vieux, lui avait-il dit chez *Manière*, il n'y a que quelqu'un du quartier, comme vous, pour s'y retrouver dans cette histoire... Vous connaissez mieux le coin et tous ces gens-là que n'importe qui... Si je me suis permis...

Du baume. De la pommade. Beaucoup de pommade pour adoucir les blessures d'amour-propre de l'inspecteur Malgracieux.

Eine allzu ruhige Mieterin
und ein Herr, der nicht von gestern ist

Die Vernehmung des Commodore dauerte achtzehn Stunden; sie war immer wieder unterbrochen durch Anrufe von Scotland Yard, in Amsterdam, Basel und sogar Wien. Maigrets Büro sah schließlich wie ein Wachlokal aus: leere Gläser und Teller mit belegten Broten auf dem Tisch, Pfeifenasche überall auf dem Boden und herumliegende Papiere. Obwohl der Kommissar gleich zu Anfang die Jacke ausgezogen hatte, breiteten sich unter den Achseln große Halbkreise von Schweiß auf seinem Hemd aus.

Zunächst hatte er seinen berühmten Kunden wie einen Herrn behandelt. Schließlich duzte er ihn wie einen ganz gewöhnlichen Taschendieb oder wie einen schweren Jungen.

«Hör mal zu, mein Lieber ... Unter uns gesagt weißt du doch genau ...»

Er interessierte sich überhaupt nicht für das, was er da tat. Vielleicht gelang es ihm gerade deswegen, hier einen der zähesten Betrüger zum Sprechen zu bringen. Der andere verstand gar nicht, was vorging: er sah den Kommissar eifrig Telefongespräche anmelden oder empfangen, die nicht immer ihn betrafen.

Unterdessen beschäftigte sich Lognon mit dem Fall, der Maigret so sehr am Herzen lag.

«Sie verstehen», hatte Maigret bei *Manière* zu ihm gesagt, «wir brauchen jemanden aus der Gegend, wie Sie, der sich in dieser Geschichte zurechtfinden kann ... Sie kennen die Ecke und die Leute hier besser als irgend jemand anders ... Wenn ich mir erlaubt habe ...»

Etwas Salböl. Etwas Pomade. Viel Pomade, um das beschädigte Selbstbewusstsein des Brummigen Inspektors zu streicheln.

— Goldfinger a été tué, n'est-ce pas?
— Puisque vous le dites...
— Vous le pensez, vous aussi... Et c'est un des plus beaux crimes que j'aie vus pendant ma carrière... Avec la police elle-même comme témoin du suicide ... Ça, mon vieux, c'est fortiche, et j'ai bien vu que cela vous frappait dès le premier moment... Police-Secours qui assiste en quelque sorte au suicide ... Seulement, il y a la trace du silencieux... Vous y avez pensé dès que Gastinne-Renette vous a fait son rapport... Une seule balle a été tirée avec le revolver de Goldfinger, et ce revolver, à ce moment-là, était muni d'un silencieux... Autrement dit, c'est un autre coup de feu, un *deuxième* coup de feu, tiré avec une *seconde* arme, que nous avons entendu...

«Vous connaissez cela aussi bien que moi...

«Goldfinger était un pauvre type, voué un jour ou l'autre à la faillite...»

Un pauvre type, en effet. Lognon en avait eu la preuve. Rue Lafayette, on lui avait parlé du mort avec sympathie, mais aussi avec un certain mépris.

Car, là-bas, on n'a aucune pitié pour les gens qui se laissent rouler. Et il s'était laissé rouler! Il avait vendu des pierres, avec paiement à trois mois, à un bijoutier de Bécon-les-Bruyères à qui on aurait donné le bon Dieu sans confession, un homme d'âge, père de famille, qui, emballé sur le tard pour une gamine pas même jolie, avait fait de la carambouille et avait fini par passer la frontière en compagnie de sa maîtresse.

Un trou de cent mille francs dans la caisse de Goldfinger, qui s'évertuait en vain à le boucher depuis un an.

«Goldfinger ist ermordet worden, oder?»
«Wenn Sie es sagen ...»
«Sie denken es doch auch ... Und es ist eines der schönsten Verbrechen, die mir in meiner Laufbahn begegnet sind ... Mit der Polizei höchstpersönlich als Zeuge für den Selbstmord ... Das, mein Lieber, das stinkt, und ich habe doch gemerkt, dass es Sie auch gleich stutzig gemacht hat ... Die Polizei ist sozusagen beim Selbstmord dabei ... Aber da ist die Spur des Schalldämpfers ... Sie haben natürlich gleich daran gedacht, als Gastinne-Renette Ihnen seinen Bericht geschickt hat ... Ein einziger Schuss ist aus dem Revolver von Goldfinger abgegeben worden, und dieser Revolver trug in jenem Augenblick einen Schalldämpfer ... Das heißt, wir haben einen anderen Schuss gehört, einen *zweiten* Schuss, aus einer *zweiten* Waffe abgefeuert ...

Sehen Sie, Sie wissen all das ebensogut wie ich ...

Goldfinger war ein armer Teufel, früher oder später musste er Bankrott machen ...»

Ein armer Teufel, tatsächlich. Lognon hatte bereits den Beweis. In der Rue Lafayette hatte man von dem Toten wohlwollend, aber mit einer gewissen Geringschätzung gesprochen.

Denn dort hat man kein Mitleid mit Leuten, die sich übers Ohr hauen lassen. Und er hatte sich übers Ohr hauen lassen! Er hatte Steine mit einer Zahlungsfrist von drei Monaten an einen Juwelier in Bécon-les Bruyères verkauft, der aussah, als könne man ihm die letzte Ölung ohne Beichte geben, einen älteren Mann, Familienvater, der sich auf seine alten Tage in ein nicht einmal besonders hübsches junges Ding verknallt und die ganzen Steine versilbert hatte und schließlich zusammen mit seiner Freundin über die Grenze gegangen war.

Ein Loch von hunderttausend Franken in der Kasse von Goldfinger, der sich seit einem Jahr vergeblich bemühte, es zu stopfen.

— Un pauvre bougre, vous verrez, Lognon... Un pauvre baougre qui ne s'est pas suicidé... L'histoire du silencieux le prouve... Mais qui a été assassiné salement, descendu par une crapule... C'est votre avis, n'est-ce pas?... Et c'est sa femme qui va toucher un million...

«Je n'ai pas de conseils à vous donner, car vous êtes aussi averti que moi...

«Supposez que Mme Goldfinger ait été de mèche avec l'assassin, pour tout dire, à qui quelqu'un a bien dû passer l'arme qui était dans le tiroir... Après le coup, on a envie de communiquer, n'est-il pas vrai, ne fût-ce que pour se rassurer l'un l'autre?...

«Or elle n'est pas sortie de l'immeuble... Elle n'a pas reçu de coup de téléphone...

«Vous comprenez?... Je suis sûr, Lognon, que vous me comprenez... Deux inspecteurs sur le trottoir... La table d'écoute en permanence... Je vous félicite d'y avoir pensé...

«Et la police d'assurance?... Et le fait qu'il n'y avait qu'un mois que la somme était payable en cas de suicide?

«Je vous laisse faire, mon vieux... J'ai une autre histoire qui me réclame, et nul n'est mieux qualifié que vous pour mener celle-ci à bonne fin...»

Voilà comment il avait eu Lognon.

Lognon qui soupirait encore:

— Je continuerai à vous adresser mes rapports en même temps qu'à mes chefs hiérarchiques...

Maigret était pour ainsi dire prisonnier dans son bureau, autant ou presque que le Commodore. Il n'y avait que le téléphone pour le relier à l'affaire

«Ein armer Teufel, Sie werden sehen, Lognon . . . Ein armer Teufel, der sich nicht umgebracht hat . . . Die Geschichte mit dem Schalldämpfer beweist das . . . Ganz schmutzig umgebracht ist er worden, abgeknallt von irgendeinem Schuft . . . Das glauben Sie doch auch, nicht wahr? . . . Und seine Frau kriegt jetzt die Million . . .

Ich brauche Ihnen nichts dazu zu sagen, Sie wissen ebenso gut Bescheid wie ich . . .

Nehmen Sie einmal an, um es geradeheraus zu sagen, dass Frau Goldfinger mit dem Mörder unter einer Decke steckt, dem ja irgend jemand die Waffe aus der Nachttischschublade gegeben haben muss . . . Nachdem die Sache geschehen ist, da will man einander doch sehen, und sei es nur, um sich gegenseitig zu beruhigen . . .

Aber sie hat das Gebäude nicht verlassen . . . Sie hat keinen Telefonanruf bekommen . . .

Sie verstehen? . . . Ich bin überzeugt, Lognon, dass Sie mich verstehen . . . Zwei Inspektoren vor dem Haus . . . Ständige Überwachung durch die Abhörstelle . . . Ich gratuliere Ihnen, dass Sie daran gedacht haben . . .

Und die Versicherungspolice? . . . Und die Tatsache, dass es erst einen Monat her ist, dass die Summe auch bei Selbstmord ausbezahlt werden muss? . . .

Ich lasse Sie weitermachen, mein Lieber . . . Ich habe da eine andere Geschichte, um die ich mich kümmern muss. Um diese hier zum guten Ende zu führen, ist niemand besser geeignet als Sie.»

So hatte er Lognon herumgekriegt.

Lognon, der immer noch seufzte:

«Ich werde Ihnen weiterhin meine Berichte schicken, ebenso wie meinen direkten Vorgesetzten . . .»

Maigret saß sozusagen als Gefangener in seinem Büro fest, genau so oder fast genau so wie der Commodore. Nur durch das Telefon hatte er Verbindung mit dem Fall

de la rue Lamarck, qui seule l'intéressait. De temps en temps, lognon lui téléphonait, dans le plus pur style administatif :

— J'ai l'honneur de vous faire savoir que...

Il y avait eu, entre les deux sœurs, une scène, dont on avait entendu les échos dans l'escalier. Puis, le soir, Éva avait décidé d'aller coucher à l'*Hôtel Alsina*, au coin de la place Constantin-Pecqueur.

— On dirait qu'elles se détestent...
— Parbleu !

Et Maigret ajoutait, en surveillant de l'œil son Commodore ahuri :

— Parce qu'il y a une des deux sœurs qui était amoureuse de Goldfinger, et c'était la plus jeune... Vous pouvez être sûr, Lognon, que celle-là a tout compris... Ce qui reste à savoir, c'est comment l'assassin communiquait avec Mme Goldfinger... Pas par téléphone, nous en avons la certitude, grâce à la table d'écoute... Et elle ne le voyait pas non plus en dehors de la maison...

Mme Maigret lui téléphonait :

— Quand est-ce que tu rentres ?... Tu oublies qu'il y a vingt-quatre heures que tu n'as pas dormi dans un lit...

Il répondait :

— Tout à l'heure...

Puis il reprenait une vingtième, une trentième fois l'interrogatoire du Commodore, qui finit, par lassitude, par se dégonfler.

— Emmenez-le, mes enfants, dit-il à Lucas et à Janvier... Un instant... Passez d'abord par le bureau des inspecteurs...

Ils étaient là sept ou huit devant Maigret, qui commençait à être à bout de fatigue.

von der Rue Lamarck, der ihn einzig und allein interessierte. Von Zeit zu Zeit rief ihn Lognon an, im schönsten Amtsstil:

«Ich gestatte mir, Ihnen mitzuteilen, dass ...»

Zwischen den beiden Schwestern hatte es einen Auftritt gegeben; den Lärm hatte man bis ins Treppenhaus gehört. Am Abend dann hatte sich Eva entschlossen, zum Schlafen in das Hotel Alsina zu gehen, Ecke Place Constantin/Pecqueur.

«Man möchte meinen, sie können sich nicht ausstehen ...»
«Donnerwetter!»

Und Maigret fügte hinzu, indem er den verstörten Commodore beobachtete:

«Weil eine der Schwestern in Goldfinger verliebt war, und zwar die jüngere ... Sie können sich darauf verlassen, Lognon, dass die genauestens Bescheid weiß ... Jetzt müssen wir nur noch herausbekommen, wie der Mörder mit Frau Goldfinger in Verbindung gestanden hat ... Nicht per Telefon, das wissen wir von der Abhörstelle ... Und außerhalb des Hauses haben sie sich auch nicht getroffen ...»

Frau Maigret rief ihren Mann an:

«Wann kommst du denn nach Hause? ... Du vergisst, dass du seit vierundzwanzig Stunden nicht mehr in einem Bett geschlafen hast ...»

Er antwortete:

«Ich komme gleich ...»

Und dann begann er zum zwanzigsten, zum dreißigsten Mal die Vernehmung des Commodore, der aus Müdigkeit schließlich aufgab.

«Nehmt ihn mit, Jungens», sagte er zu Lucas und Janvier. «Einen Augenblick ... Kommt vorher noch in das Inspektorenzimmer ...»

Da saßen sie zu siebt oder acht vor Maigret, der vor Müdigkeit fast umfiel.

— Écoutez, mes enfants... Vous vous souvenez de la mort de Stan, faubourg Saint-Antoine... Eh bien! Il y a quelque chose qui m'échappe... Un nom que j'ai sur le bout de la langue... Un souvenir qu'un effort suffirait à raviver...

Ils cherchaient tous, impressionnés, parce que Maigret, à ces moments-là, après des heures de tension nerveuse, les écrasait toujours un peu. Seul Janvier, comme un écolier, fit le geste de lever le doigt.

— Il y avait Mariani... dit-il.

— Il était avec nous au moment de l'affaire de Stan le Tueur?

— C'est la dernière affaire à laquelle il a été mêlé...

Et Maigret sortit en claquant la porte. Il avait trouvé. Dix mois plus tôt, on lui avait flanqué un candidat inspecteur qui était pistonné par un ministre quelconque. C'était un bellâtre – un maquereau, dirait le commissaire – qu'il avait supporté pendant quelques semaines dans son service et qu'il avait été obligé de flanquer à la porte.

Le reste regardait Lognon. Et Lognon fit ce qu'il y avait à faire, patiemment, sans génie, mais avec sa minutie habituelle.

Dix jours, douze jours durant, la maison des Goldfinger fut l'objet de la surveillance la plus étroite. Pendant tout ce temps-là, on ne découvrit rien, sinon que la jeune Éva épiait sa sœur, elle aussi.

Le treizième jour, on frappa à la porte de l'appartement où la veuve du courtier en diamants aurait dû se trouver, et on constata qu'il était vide.

Mme Goldfinger n'était pas sortie et on la retrouva dans l'appartement situé juste au-dessus du sien, loué au nom d'un sieur Mariani.

«Hört mal, Jungens ... Ihr erinnert euch an den Tod von Stan, Faubourg Saint-Antoine ... Also da ist irgendwas, das ich nicht klar kriege ... Ein Name. Er liegt mir auf der Zunge ... Ein kleiner Anstoß, und die Erinnerung wäre wieder da ...»

Sie dachten alle nach, sehr beeindruckt, denn in solchen Augenblicken, nach Stunden nervöser Anspannung, imponierte Maigret ihnen immer ziemlich. Nur Janvier hob wie ein Schüler den Finger.

«Da wäre Mariani ...» sagte er.

«War der bei uns während der Sache mit Stan dem Totschläger?»

«Es war der letzte Fall, mit dem er zu tun hatte ...»

Maigret ging hinaus und schlug die Tür hinter sich zu. Er hatte gefunden, was er suchte. Vor zehn Monaten hatte man ihm einen Inspektor-Anwärter angedreht, der von irgendeinem Minister protegiert wurde. Ein schöner Jüngling war das – ein Zuhältertyp, wie der Kommissar so jemanden nannte –, den er einige Wochen lang in seiner Dienststelle ertragen hatte und dann hinauswerfen musste.

Der Rest war Lognons Sache. Und Lognon tat, was zu tun war, geduldig, nicht gerade genial, aber mit seiner gewohnten Genauigkeit.

Zehn, zwölf Tage lang wurde das Haus, in dem Frau Goldfinger wohnte, scharf bewacht. Während dieser ganzen Zeit entdeckte man nichts, es sei denn, dass auch Eva ihre Schwester belauerte.

Am dreizehnten Tag klopfte man an die Tür der Wohnung, in der sich die Witwe des Diamantenmaklers hätte befinden müssen, und stellte fest, dass sie leer war.

Frau Goldfinger hatte das Haus aber nicht verlassen, und man fand sie in der Wohnung im Stockwerk darüber, die von einem gewissen Herrn Mariani gemietet war.

Un monsieur qui, depuis qu'il avait été expulsé de la P. J., vivait surtout d'expédients...

Qui avait de gros appétits et une certaine séduction, au moins aux yeux d'une Mme Goldfinger dont le mari était malade...

Ils n'avaient besoin ni de se téléphoner ni de se rencontrer dehors...

Et il y avait une belle prime d'un million à la clef si le pauvre type de courtier se suicidait plus d'un an après avoir signé sa police d'assurance...

Un coup de feu, avec le silencieux placé sur le propre revolver du mort fourni par l'épouse...

Puis un second coup de feu, avec une autre arme, devant la borne de Police-Secours, un coup de feu, qui, celui-ci, devait établir péremptoirement le suicide et empêcher que la police recherchât un assassin...

— Vous avez été un as, Lognon.

— Monsieur le commissaire...

— Est-ce vous ou moi qui les avez surpris dans leur garçonnière du quatrième étage?... Est-ce vous qui avez entendu les signaux qu'ils se faisaient à travers le plancher?...

— Mon rapport dira...

— Je me fiche de votre rapport, Lognon... Vous avez gagné la partie... Et contre des gens rudement forts... Si vous me permettez de vous inviter à dîner ce soir chez *Manière*...

— C'est que...

— Que quoi?

— Que ma femme est à nouveau mal portante et que...

Que faire pour des gens comme ça, qui sont obligés de vous quitter pour rentrer chez eux laver la vaisselle et peut-être astiquer les parquets?

Ein Herr, der seit seinem Ausschluss aus der Kriminalpolizei hauptsächlich von Gelegenheitsarbeiten lebte ...

Der einen großen Lebenshunger hatte und eine gewisse Anziehungskraft, jedenfalls für Frau Goldfinger, deren Mann krank war ...

Sie brauchten weder miteinander zu telefonieren noch sich draußen zu treffen ...

Eine schöne Mitgift von einer Million stand in Aussicht, wenn der arme Kerl von einem Makler sich ein Jahr nach der Unterzeichnung der Versicherungspolice das Leben nähme ...

Ein Schuss aus dem eigenen Revolver des Toten, von der Ehefrau beigesteuert, mit Schalldämpfer ...

Dann ein zweiter Schuss mit einer anderen Waffe vor dem Unfallmelder, der nunmehr völlig überzeugend den Selbstmord belegte und verhinderte, dass die Polizei nach einem Mörder suchte ...

«Großartig haben Sie das gemacht, Lognon.»

«Aber Herr Kommissar ...»

«Wer hat sie denn in ihrem Liebesnest im vierten Stock überrascht, Sie oder ich? ... Wer hat denn die Klopfzeichen gehört, die sie sich durch die Decke gegeben haben? ...»

«Mein Bericht wird ...»

«Ich pfeife auf Ihren Bericht, Lognon ... Sie haben das Spiel gewonnen ... Und zwar gegen verdammt harte Gegner ... Darf ich Sie heute abend bei *Manière* zum Essen einladen? ...

«Ja, nur ...»

«Nur was?»

«Meine Frau fühlt sich nämlich wieder nicht wohl, und darum ...»

Was soll man mit solchen Leuten anfangen, die einen sitzen lassen müssen, um zum Geschirrspülen oder gar zum Parkettbohnern nach Hause zu gehen?

Et pourtant c'était à cause de lui, à cause des susceptibilités de l'inspecteur Malgracieux, que Maigret s'était privé des joies d'une des enquêtes qui lui tenaient le plus à cœur.

Und dabei hatte sich Maigret gerade seinetwegen, wegen der Empfindlichkeit des Brummigen Inspektors, die Freude an einer Untersuchung versagt, die ihm so sehr am Herzen lag.

Sie sind ein Freund von Kriminalliteratur im Allgemeinen und von Kommissar Maigret im Besonderen? In diesem Fall hält die Reihe dtv zweisprachig einen besonderen Leckerbissen für Sie bereit:
Pierre Magnan
Le bouquet de violettes. Der Veilchenstrauß (dtv 9389)
Hier ermittelt Kommissar Laviolette, der «Maigret der Provence», in einer überaus makabren Angelegenheit und bietet ein schaurig-schönes Lesevergnügen:

Après quoi, j'allai examiner un à un les quelques
squelettes demeurés intacts. Il en était un, notamment,
équilibré par hasard sur l'assise du catafalque,
les orbites vides levées vers le plafond, et qui
conservait encore une attitude humaine.

Daraufhin untersuchte ich die wenigen unversehrt
gebliebenen Skelette, eines nach dem anderen.
Ein Gerippe fiel mir besonders auf; es hatte wie zufällig
auf dem Sockel des Katafalks das Gleichgewicht bewahrt.
Mit seinen leeren, zur Decke gerichteten Augenhöhlen
hatte es noch eine menschliche Haltung.

Ein Verzeichnis aller Bände der Reihe dtv zweisprachig wird auf Wunsch vom Verlag zugesandt.

Deutscher Taschenbuch Verlag,
Friedrichstraße 1a, 80801 München
www.dtv.de   zweisprachig@dtv.de